# पाण्डेय बेचन शर्मा 'उग्र'

## 1900 – 1967

उग्र का साहित्य अपने समय में का़फ़ी विवादास्पद रहा, लेकिन इससे यह तथ्य नहीं नकारा जा सकता कि वे हिन्दी के एक महत्त्वपूर्ण शैलीकार थे। उनके कथा-साहित्य में जीवन और समाज के प्रति तीव्र कटाक्ष और विरोध स्पष्ट झलकता है जिसके कारण कई बार वे विवाद का केन्द्रबिन्दु बने। 1927 में प्रकाशित *चॉकलेट* समलैंगिकता को उजागर करती आठ कहानियों का संकलन है, जिसके विरुद्ध एक लम्बा अश्लीलता-विरोधी आंदोलन चला। गाँधी जी भी इस विवाद में सम्मिलित थे। पुस्तक पढ़ने के बाद उन्होंने यह टिप्पणी करते हुए लिखा, ''मुझ पर इस किताब का गलत प्रभाव नहीं पड़ा। लेखक का उद्देश्य अच्छा जान पड़ता है।'' लेकिन गाँधी जी की इस सम्मति को दबाया गया और उसका रहस्योद्घाटन पच्चीस वर्ष बाद हुआ। एक तरह से देखा जाए तो इस बात से हिन्दी का एक महत्त्वपूर्ण साहित्यकार बेवजह एक लम्बे विवाद में फँसा रहा।

पाण्डेय बेचन शर्मा 'उग्र' का जन्म 1900 में उत्तर प्रदेश के मिर्जापुर जिले के एक गाँव में हुआ। परिवार की आर्थिक विपन्नता और पिछड़ी सोच के कारण वे बहुत अधिक शिक्षा प्राप्त नहीं कर सके और छोटी उम्र में ही 'उग्र' उपनाम से पत्रकारिता और साहित्य सृजन करने लगे। उनके लेखन की दो विशेषताएँ हैं—पहली, आचार्य रामचन्द्र शुक्ल के शब्दों में, ''उग्र की भाषा बड़ी अनूठी, चपलता और आकर्षक वैचित्र्य के साथ चलती है।'' दूसरी, उनका प्रकृतिवादी कथा-साहित्य जिसमें समाज के गलित-पतित पक्षों को उन्होंने उभारा। कहानी, आत्मकथा, संस्मरण, रेखाचित्र आदि विभिन्न विधाओं में लिखने वाले 'उग्र' एक राष्ट्रवादी और क्रांतिकारी लेखक थे जो यथार्थ को अपने साहित्य में चित्रित करने से कभी पीछे नहीं हटे।

# चॉकलेट

पाण्डेय बेचन शर्मा 'उग्र'

राजपाल

ISBN : 9789386534613

पहला राजपाल संस्करण : 2021 © राजपाल एण्ड सन्ज़
CHOCOLATE ( Stories)
by Pandey Bechan Sharma 'Ugra'

## राजपाल एण्ड सन्ज़

1590, मदरसा रोड, कश्मीरी गेट, दिल्ली–110006
फोन : 011–23869812, 23865483, 23867791
e-mail : sales@rajpalpublishing.com
www.rajpalpublishing.com
www.facebook.com/rajpalandsons

# क्रम


कैफ़ियत 7

भूमिका नहीं 13

चॉकलेट 19

पालट 31

हम फ़िदाये लखनऊ 45

कमरिया नागिन-सी बल खाय 57

चॉकलेट-चर्चा 71

हे सुकुमार 79

व्यभिचारी प्यार 89

जेल में 101

# कैफ़ियत*

*"सौदा नहीं, जुनूँ नहीं, वहशत नहीं मुझे।"*

मैं कहता हूँ शासन के सूत्रधारों से—और उनके सूत्रों के एक-एक तार से, मैं कहता हूँ समाज के समझदारों से—और उनके एक-एक मंगलमय विचार से; मैं कहता हूँ देश के सुन्दर खिलौनों से—और उनकी शैशव-मति सुकुमार से; मेरा कहना सुनो—मुझे कहने दो!

मैं कहता हूँ समाज के शिक्षालयों, बाल-संस्थाओं के देवताओं की 'ड्यूटी' पर नियुक्त 'कमज़ोर' मनुष्यों से; मैं कहता हूँ शहर-शहर के गली-कूचों में रहने वाले, डूबकर मछली निगलने वाले, सत्तर चूहे खाकर दूसरों को 'हज' करने का उपदेश देने वाले—छुपे रुस्तमों से; मैं कहता हूँ आदर्श का नाम लेकर, प्रथा की दोहाई देकर, सत्य के मुँह पर ढोंग का लिफ़ाफ़ा चढ़ाकर, अपने कण्ठ और स्वर को छिपाकर झिलमिल गम्भीरता के कण्ठ और स्वर से बोलने वाले महाशयों से; मेरा कहना सुनो—मुझे कहने दो!

है कोई ऐसा माई का लाल जो हमारे वर्तमान समाज को नीचे से ऊपर तक सजग दृष्टि से देखकर, कलेजे पर हाथ रखकर, सत्य के तेज से मस्तक तानकर इस पुस्तक के अकिंचन लेखक से यह

---

* 1927 में प्रकाशित पुस्तक *चॉकलेट* की भूमिका

कहने का दावा करे कि—''तुमने जो कुछ लिखा है गलत लिखा है। समाज में ऐसी घृणित, रोमांचकारिणी और काजलकाली तस्वीरें नहीं हैं!'' अगर कोई हो, तो सोत्साह सामने आवे, मेरे कान उमेठे, मेरे छोटे मुँह पर थप्पड़ मारे, मेरे होशों के होश ठिकाने करे। मैं उस महापुरुष की ताड़ना का पुलकित-कलेवर स्वागत करूँगा, मैं उसके अभिशापों को सिर-माथे पर धारण करूँगा-संभाल लूँगा, अपने पथ में कतर-ब्योंत करूँगा। सच कहता हूँ, विश्वास कीजिये; 'सौगन्ध औ' गवाह की हाजत नहीं मुझे।

अपने वर्तमान समाज को भर आँख देखने और पहचानने की जब से मुझे तमीज हुई तभी से मैं यह सोच रहा था कि कब मौका मिले और कब मैं समाज के सुकुमारमति सुन्दर बालकों के प्रति होने वाले इस नारकीय व्यभिचार की ओर 'खुले-से-खुले शब्दों में' लोगों का ध्यान आकर्षित करूँ। आखिर मुझे मौका मिला और मैंने उसका अपनी इच्छानुसार उपयोग भी किया। इस—समाज के शब्दों में 'लौंडेबाज़ी' और मेरे शब्दों में 'चॉकलेट-पन्थी'—के विरुद्ध मेरी पहली कहानी 'चॉकलेट' शीर्षक से, कलकत्ता के प्रसिद्ध उथल-पुथलकारी *मतवाला* पत्र में 31 मई सन् 1924 को प्रकाशित हुई। कहानी लिखने से पहले, मुझे ठीक याद है, मैंने हिन्दी के एक प्रतिष्ठित पत्र के सम्पादक और एक परम प्रसिद्ध औपन्यासिक पर अपनी इच्छा प्रकट की और उन आदरणीयों और श्रद्धेयों से पूछा कि—''आपकी क्या राय है? इस विषय पर कुछ लिखना चाहिये या नहीं? यदि नहीं, तो क्यों?'' मेरी बातें सुनकर सम्पादक महोदय तो एक बार अवाक्-से रह गये! शायद उन्होंने कल्पना भी न की थी कि चॉकलेट-जैसे विषय पर भी कभी कुछ कहने-सुनने की ज़रूरत पड़ेगी। शायद उन्हें यह भय हुआ कि कहीं यह उद्धत लेखक बाद को मेरे ही पत्र में कुछ लिखने का हठ न कर बैठे। वह गोल-मोल

भाषा में कुछ कहकर गम्भीर बन गये। उनके कथन का अर्थ 'हाँ' भी था, 'नहीं' भी। रहे उपन्यासकार महोदय, वह पहले तो अपनी सरल आँखों से मेरी ओर देखकर ''हा हा हा हा!'' कर हँस पड़े; फिर कहने लगे—''उग्रजी, बात तो आप बावन तोले पाव रत्ती ठीक कहते हैं; मगर, भाई इस विषय पर कुछ लिखना-पढ़ना साधारण काम नहीं है। ऐसा अप्रिय-सत्य कहकर समाज का सामना करना सबका काम नहीं। कम-से-कम मैं तो इस विषय पर चूँ तक नहीं कर सकता।'' मैंने मन में विचार किया—अच्छी बात है। मैं ही यह 'रिस्क' लूँगा। मैं ही इस अप्रिय नाटक का यह अप्रिय पार्ट खेलूँगा।

'चॉकलेट' कहानी *मतवाला* में छपी। समाचार पत्रों में उस कहानी ने एक सन्नाटा-सा डाल दिया। समाचार-पत्रों के पाठकों में तूफ़ान-सा उठा दिया। मतवाला-सम्पादक के पास और इन अवलियों के लेखक के पास शिकायत और प्रशंसा दोनों की, एक या दो नहीं, गाही-की-गाही चिट्ठियाँ आने लगीं। गम्भीरों के माथे पर शिकन चित्रित हो गयी; ओछों के कपोलों पर छिछोरा अट्टहास गुलाल मल गया। एक दिन में, एक पुकार में 'चॉकलेट' शब्द हिन्दी जगत के कोने-कोने में व्याप्त हो उठा! मगर; चिट्ठियाँ आती ही रहीं, तूफ़ान उठते ही रहे, शिकन पड़ती ही रही, घृणाएँ मेरे सम्मुख आकर अपना घृणित मुँह बिगाड़-बिगाड़कर मुझे संकल्प-च्युत करने की चेष्टा करती ही रहीं और मैं इन कहानियों की संख्या बढ़ाता ही रहा। 'चॉकलेट' के बाद—कई महीनों के अन्तर में—मैंने चार कहानियाँ और लिखीं—जिनके नाम हैं—'पालट', 'हम फ़िदाए लखनऊ', 'कमरिया नागिन-सी बलखाय' और 'चॉकलेट चर्चा।' अन्तिम कहानी लिखते-लिखते मुझे बम्बई चला जाना पड़ा। फिर, 124 ए. के वारण्ट ने मुझे तलब किया, *स्वदेश* (विजयांक) सम्पादन के लिए केस चला और मैं नौ महीने के लिए जेल-गर्भ में ठेल दिया गया।

जेल से बाहर आने के बाद मेरे अनेक मित्रों ने बड़े प्रेम से मेरे कानों में फुसफुसा कर कहा—''देखो उग्र, वह जो तुमने *मतवाला* में 'चॉकलेट' की कहानियाँ लिखी थीं उससे तुम्हारी बहुत बदनामी हुई। लोग तुम्हें 'छिछोरा', 'लौंडा', 'चॉकलेट' और क्या जाने क्या-क्या कह-कह कर इधर-उधर तुम्हारी निन्दा किया करते हैं, अब भाई वैसी कहानियाँ न लिखना! मारो गोली उस विषय को! चूल्हे में जाय चॉकलेट और भाड़ में जाय उनकी चर्चा। जब सारा समाज ही इस विषय में मौन रहना चाहता है तब तुम्हें ही क्या पड़ी है जो आग से खेलने जा रहे हो।'' मित्रों ने ठीक की कहा था। मगर फिर भी इस विषय को प्रकाश में लाने की मेरी आकांक्षा कम नहीं हुई। मैंने एक बार फिर मन-ही-मन निश्चय किया कि चाहे कुछ भी क्यों न हो, मैं बिना एक बार कोलाहल मचाये इस विषय-को छोड़ने का नहीं। उसी निश्चय के अनुसार तीन कहानियाँ और लिखकर मैंने अब चॉकलेट-संग्रह को पूरा कर लिया है; और समाज के सामने इसे रख भी दिया है। मैं शुद्ध हृदय से इस बात का अनुभव करता हूँ कि इस विषय पर आन्दोलन करना—समाज के एक नगण्य-से-नगण्य व्यक्ति की हैसियत से—मेरा कर्त्तव्य है। मैं इसे कर्त्तव्य समझकर करता हूँ। मैं इस काम के फलों को भी चखने के लिए तैयार हूँ।

इस जघन्य व्यापार के विरुद्ध मेरी कहानियों के बाद इधर-उधर से कुछ आवाज़ें और भी सुनाई पड़ी हैं। सुना है, किसी लेखक या लेखिका ने महात्मा गाँधी को भी इन पापों की सूचना दी थी जो महात्माजी के मत के साथ सन् 1926 के *हिन्दी नवजीवन* या *यंग इण्डिया* की फ़ाइल में खोजने से पाया जा सकता है। काशी के द्विदैनिक *सूर्य* ने भी, सम्भवत: सन् 26 में ही, 'चॉकलेट-पन्थी' शीर्षक से धाराप्रवाह अनेक लेख छापे थे। और, अभी कुछ ही दिन हुए, कानपुर के प्रसिद्ध *प्रताप* में भी एक लेख कुछ ऐसे ही विषय

पर निकला था, जिसे उसके सुयोग्य और सुप्रसिद्ध सम्पादक ने 'बड़े संकोच' में छापा था। अवश्य ही उक्त पत्रों की लेखन और वर्णन प्रणाली में और मेरी कहानियों के ढंग में भेद है। उक्त पत्रों में बातें अधिक-से-अधिक संयत शब्दों में और सभ्य-भाषा के अनेक आवरणों में छिपाकर लिखी गयी हैं। सत्य के तीक्ष्ण कुनैन पर चीनी की चादर ओढ़ायी गई है और तब उसे समाज के गले के नीचे उतारा गया है। मैंने अपनी कहानियों में वैसा नहीं किया है—कुछ अपनी उग्र-प्रणाली के कारण और कुछ नग्न-सत्य पर प्रेम होने के कारण। मेरी कहानियाँ 'शुगरकोटेड कुनैन' नहीं, बल्कि शुद्ध, कटु, कुनैन या 'सिनकोना' हैं। भीषण-से-भीषण रोगी भी इस मिक्सचर को पीकर गनगना उठेगा। मेरी तरफ़ देखकर मुँह बिगाड़ेगा। इसमें कोई सन्देह नहीं, इसे मैं खूब जानता हूँ।

अगर सत्य को ज्यों-का-त्यों चित्रित कर देने में कोई कला हो सकती है; तो मेरी इन कहानियों में भी कला है। और यदि नहीं, कला हमेशा शुद्ध सत्य ही नहीं हुआ करती, तो मेरी ये धधकती कहानियाँ भी कला-शून्य हैं। मैं उस कला को लिखना नहीं जानता। मैं उस कला को जानने की चेष्टा भी नहीं करना चाहता।

अगर *चॉकलेट* का कोई पाठक, इस विषय की जघन्यता की, कहानी लेखक की—किसी विषय को 'कहानी' बनाने की—कठिनाई की ओर ध्यान देने की कृपा करेगा; तो, मेरा विश्वास है, उसके क्रोध में भी सहानुभूति की एक रेखा होगी। बस, मैं इतना ही चाहता हूँ!

पढ़ें—समाज के बड़े-बूढ़े पढ़ें उग्र की इस नारकीय कृति को; कहानी और कला का सुख लेने के लिए नहीं, उसकी प्रतिभा की उड़ान देखने के लिए नहीं, बल्कि, अपने बच्चों का भविष्य उज्ज्वल रखने के लिये। उन्हें समाज के भिन्न-भिन्न रूपधारी दानवों से बचाने के लिये। उनका तेज और ब्रह्मचर्य रक्षित रखने के लिये। उन्हें पशुता

से दूर और मनुष्यता के निकट रखने के लिये।

पढ़ें—जीवन की ड्योढ़ी पर खड़े हमारे नवयुवक मित्र मेरी इस काली-रचना को अवश्य पढ़ें; और इसे पढ़कर अपने हृदय की घृणित छाया को अपने किसी बन्धु या मित्र के कोमल हृदय पर डालने से परहेज़ करें। और उसके मुख पर वासना की स्याही पोतने से हिचकें। अपने हृदय की कोठरी में धुआँ न फैलावें, किसी अबोध मित्र के घर में आग न लगावें।

पढ़ें—देश के छोटे-छोटे फूल के खिलौने, सुन्दर बच्चे भी मेरी इन लकीरों को पढ़ें और शुरू से ही काँप उठें चॉकलेट-पन्थियों के षड्यंत्रों से, प्रलोभनों से, उनकी धूर्त्तताओं से। इन राक्षसी तस्वीरों को देखकर वह राक्षसों को पहचानना सीखें और सीखें उनके आक्रमणों से अपने फूले-फूले गुलाबी गालों को रक्षित रखना, अपने अधर-पल्लवों की रक्तिमा को महफूज़ रखना और हृदय की पवित्रता को साधारण प्रलोभनों से अधिक महत्त्व देना।

मुझ में दोष हैं, मेरी कृतियों में भी अवश्य ही दोष हैं। मगर, पाठकों को उस अमर कवि की इन लकीरों को स्मरण कर ही किसी की कृति को देखना चाहिये—

*जड़ चेतन गुण दोष मय, विश्व कीन्ह करतार।*
*सन्त हंस गुण गहहिं पय, परिहरि वारि विकार॥*

बस; मैं कह चुका।

—**पाण्डेय बेचन शर्मा 'उग्र'**
मतवाला मंडल, कलकत्ता

# भूमिका नहीं*

कलकत्ते में स्वर्गीय श्री बालुकुमुन्द गुप्ता स्मृति-महोत्सव उस साल बड़े ठाटबाट से मनाया गया था। होगी बात सन् 1949-50 की। उसी सिलसिले में अनेक अन्य साहित्यिक महारथियों के साथ 'प्रोपागैण्डिस्ट'-प्रवर पं. बनारसीदास चतुर्वेदी भी कलकत्ते पधारे हुए थे।

चित्तरंजन एवेन्यू स्थित टीवड़े वाले की धर्मशाला में अनेक आगत साहित्यिक ठहराये गये थे। वहीं, मैं पं. श्रीनारायण चतुर्वेदी से बातें कर ही रहा था कि अनेक मित्र और आ गये, जिनमें पं. बनारसीदास चतुर्वेदी भी थे। श्रीनारायणजी की बहकी बातों से फुर्सत पाते ही बनारसीदासजी उनके सामने से उठकर मेरे निकट आ रहे। ''उग्रजी'' उन्होंने कहा—''आपकी पुस्तक *चॉकलेट* के बारे में गाँधी जी की एक चिट्ठी मैंने दबा ली थी।''

और 'चतुरजी' मेरे चेहरे पर अपने कथन की प्रतिक्रिया ताड़ने लगे!

मुझे ठीक याद नहीं, मैंने उन्हें क्या उत्तर दिया। पर, यह अच्छी तरह याद है कि, मैं बिगड़ा नहीं। मैंने यही कहा होगा कि—''छोड़िये भी, अब उस चर्चा में सार नहीं।'' इसके पहले 'घासलेट'-आन्दोलन-काल में पं. बनारसीदास पर मैं बमक उठता था। इस बार नहीं बिगड़ा,

---

* 1952 में पुनःप्रकाशित *चॉकलेट* पुस्तक की भूमिका

तो उन्होंने समझा कि 'उग्र' मर गया! सो, महात्माजी को मृत मान और 'उग्र' को बेजान जान कर ही, माकूल मौका देख, पत्रकारिता की पेचदार-परतों में लपेट कर सन्'51 में उन्होंने *हिन्दुस्तान* के विशेषांक में गाँधी जी का वह पत्र छपवा दिया। मेरी मस्त निगाहों में *हिन्दुस्तान* का विशेषांक 8 महीने बाद याने '52 के जून में आया।

वह लेख मैंने *नया समाज* के विख्यात सम्पादक श्री मोहनसिंह जी सेंगर को दिखाया। सेंगरजी ने परिस्थिति की गंभीरता महसूस करते हुए मुझे विश्वास दिलाया कि, मैं कुछ लिखूँगा तो वह अपने प्रसिद्ध-पत्र में ज़रूर स्थान देंगे। इस पर सेंगरजी की न्याय-बुद्धि से आँखें मिलाकर मैंने पूछा—''मान लीजिए उग्रजी मर गये हैं और बनारसीदासजी का यह कर्म आपके सामने है;—आप क्या करेंगे ?''

इसके बाद सेंगरजी ने जो कुछ किया और उसकी जो प्रतिक्रिया (मरने के बाद महात्माजी के मौखिक कथन की दुहाई पर जीने की इच्छा रखने वाले) बनारसीदास जी पर हुई, उसका तमाशा अगले पृष्ठों पर प्रवीण पाठक देखें।

इस पुस्तक के प्रकाशन के तीन महीने के अन्दर अगर चतुर्वेदीजी ने कोई वक्तव्य, विवरण, कैफ़ियत या सफ़ाई नहीं दी; तो सन् 1954 में, मैं *चॉकलेट* पुस्तक पर एक 'ह्वाइट पेपर' प्रकाशित करूँगा। सिद्ध साहित्यिकों की अपनी सरकार होती है, जिसे ''सत्य कहहुँ लिखि कागद कोरे'' का प्राकृत अधिकार होता है।

उस 'ह्वाइट पेपर' में *चॉकलेट* पुस्तक सम्बन्धी आन्दोलन, लोकमत की अगंभीरता और गत 25 वर्षों की चॉकलेटपन्थी व्यभिचारों की प्रमाणिक रिपोर्टों पर गंभीर विचार होगा, जिसमें मेरे विख्यात, विद्वान, समालोचक मित्र श्री रामनाथ सुमन और बिहार के विदित समाज-सुधारक वैष्णव साधु श्री सीताराम दासजी का पूर्ण सहयोग होगा।

साथ ही, जल्द ही, *चॉकलेट–पन्थी* नामक मेरा एक लघु उपन्यास भी कोमल–मति बालकों के सुधार के लिए प्रकाशित होगा।

गंभीर, सचेत और सहृदय श्री मोहनसिंह जी सेंगर और 'विशाल भारत बुक डिपो' के स्वामी ठाकुर अयोध्यासिंह के चिरंजीव श्री सत्येन्द्र कुमार सिंह के निर्णय, उत्साह और सहयोग से ही *चॉकलेट* का यह संस्करण प्रकाशित हो रहा है। नहीं तो, उस युग और देश से जिसने सत्यव्रत महात्मा गाँधी को गोली मार दी, सत्यवान 'उग्र' की शिकायत हो ही क्या सकती है ?

**—पाण्डेय बेचन शर्मा, 'उग्र'**

# चॉकलेट

## चॉकलेट*

## 1

*बेकरारी क्यों न हो ताज़ा शिकारे इश्क हूँ,*
*चोट वह खाई है दिल पर जो कभी न खाई थी।*

उपर्युक्त शे'र को ज़रा स्वर—करुण-स्वर—से कहकर हमारे मित्र बाबू दिनकर प्रसाद बी.ए., मतवाले की तरह कुर्सी पर एक ओर लुढ़क गये। मैंने मन में विचार किया, माजरा क्या है? आज यह इतने सुस्त क्यों हैं? फिर पूछा—

''खैरियत तो है? आज तो हुज़ूर कुछ मज़नून बने बैठे हैं।''

दिनकर बाबू ने फिर एक लम्बी साँस खींचकर कहा—

*दर्द से वाकि.फ़ न थे गम से शनासाई न थी,*
*वह भी क्या दिन थे, तबीयत जब कहीं आई न थी।*

एक शे'र, एक आह और फिर दीर्घ विश्राम! मुझे थोड़ा बुरा मालूम पड़ा। मैंने पास ही बैठे हुए दूसरे मित्र मनोहरचन्द्र से कहा—

''देखते हो मन्नू! आज इन्होंने कविता-पाठ-सम्मेलन आरम्भ कर दिया है। अब हम लोगों से भी पर्दा करने लगे। न जाने किस चाँद के टुकड़े

---

* यह कहानी *मतवाला* पत्रिका के 31 मई 1924 के अंक में सबसे पहले प्रकाशित हुई थी।

को देख लिया है इन्होंने।''

मनोहरचन्द्र भी दिनकर प्रसादजी की पहेलियों से ऊब गये थे। इतनी देर तक उन्होंने कुछ कहा नहीं, यही आश्चर्य है। नहीं तो मनोहर की जुबान कभी रुकती है ? उन्होंने कहा—

''बाबू दिनकर प्रसादजी दूसरे लोक के जीव हैं। इनका सिद्धांत है—

भौं चूम लेई ला केहू सुन्नर जे पाई ला,
हम ऊ हई जे ओठे प' तरुआर खाई ला।''

''ओहो! बनारसी बोली की इतनी सुन्दर कविता! किसकी रचना है यार ? भौं चूम...ओंठ तरवार...। भौं के लिए तलवार की उपमा—और ओंठ पर खाना—वाह!!''

''इतनी साधारण उपमा से ही आपकी उर्दू बी का सुथना ढीला हो गया ?'' मनोहर ने मुस्कुराते हुए कहा—''और एकाध सुनिए—

कहली कि काहे आँखी में सुरमा लगावे लऽ*
हँस के कहलैं छूरी के पत्थर चटाई ला।''

दिनकर बाबू—''बहुत अच्छा। 'आँखें' और 'छुरी', 'सुरमा' और 'पत्थर'। बहुत ही बढ़िया है।''

दिनकर बाबू को तारीफ़ों का पुल बाँधते देख मैंने मनोहर से कहा— ''जरा 'फन्दा' वाला सुना दो। उसे दिनकर बाबू बहुत पसन्द करेंगे।''

''हाँ, हाँ! सुनिये दिनकर बाबू!'' मनोहर ने आरम्भ किया—

जब से फन्दा में तोरे जुल.फी के आयल बाटी,
रामधै भूल-भूलैया में भुलायल बाटी।
मून-मून आँख तोहे देखी ला राजा रमधै,
न त बूटी क नसा बा न ऊँघायल बाटी।

---

* जिन अक्षरों के आगे 'ऽ' यह निशान हो उन्हें जरा खींचकर पढ़िये—भाषा बनारसी है न।

हमें ठीक याद है। अभी उपर्युक्त कविता पूरी भी न हुई थी, मनोहर आगे कुछ कहना चाहता था, इतने में दरवाज़े से किसी ने पुकारा—

''दिनकर बाबू!''

''हाँ, हाँ, तुम! अभी आया।''

''माफ़ करना भाई; ज़रा ज़रूरी काम है। मैं कल फिर आप से मिलूँगा।'' कहकर दिनकर बाबू फ़ौरन दरवाज़े की ओर लपके। हमने देखा, उन्हें पुकारने वाला तेरह-चौदह वर्ष का एक सुन्दर बालक था!


2


मैंने मनोहर से पूछा—

''यह लड़का कौन था? दिनकर के कोई भाई तो नहीं है न?''

''अजी नहीं। वह दिनकर बाबू का 'चॉकलेट' था।''

''चॉकलेट? चॉकलेट क्या?''

''पॉकेट-बुक;''

''ज़रा समझाकर कहो, मज़ाक छोड़ो! तुम्हारे 'चॉकलेट', और 'पाकेट-बुक' मेरे लिए 'लेटिन' और 'ग्रीक' हैं।''

'' 'लेटिन' और 'ग्रीक' को समझ लेना सरल है भाई! पर इन 'चॉकलेटों' की 'स्टडी' बहुत 'डिफ़िकल्ट' है। चॉकलेट रोग दिन-पर-दिन हमारे देश में प्लेग और हैजे से भी अधिक बढ़ रहा है। समाज देखता हुआ अन्धा बना है। वह वेश्यागमन का विरोधी है, विधवा-विवाह के नाम पर

21 ◆ चॉकलेट

भी उसकी आँखें खूनी हो जाती हैं, पर, इसकी चर्चा उसकी जुबान से नहीं होती। क्यों? उसे शर्म मालूम पड़ती है। घर में आग लग गयी है पर 'जेंटिलमैन' जी मारे शर्म के स्वयं बुझाने को तैयार नहीं।''

''थोड़ा और स्पष्ट करो। अभी कुछ-कुछ समझ सका हूँ।''

''अच्छा स्पष्ट सुनो, चॉकलेट की परिभाषा याद कर लो। मुमकिन है कभी तुम्हें भी उनका सामना करना पड़े। 'चॉकलेट' देश के उन भोले-भाले, कमसिन और सुन्दर लड़कों को कहते हैं, जिन्हें समाज के राक्षस अपनी 'वासना' की तृप्ति के लिए सर्वनाश के मुख में धकेलते हैं। ये बच्चे समाज के अच्छे-अच्छों तक से नष्ट किये जाते हैं और दुश्चरित्र बनाये जाते हैं। प्रान्त-प्रान्त में इनके भिन्न-भिन्न पर्याय हैं। हमारे युक्त-प्रदेश के लोग इन्हें 'चॉकलेट', 'पॉकेट-बुक' आदि नामोपनामों से याद करते हैं। इनके अनेक उपनाम ऐसे भी हैं जिन्हें सभ्य-भाषा लिख नहीं सकती।''

''अरे दिनकर बाबू जैसे पढ़े-लिखे लोग भी पाप-पंक में फँस सकते हैं! असम्भव! तुम कुछ भूल तो नहीं कर रहे हो मनोहर?''

''भूल! तुम स्वयं, जरा सहानुभूति के साथ इस विषय की चर्चा उनसे करना। देखना वह क्या उत्तर देते हैं? इतिहास छान डालेंगे, पुराणों की कपालक्रिया कर डालेंगे और यह सिद्ध कर देंगे कि 'बाल-प्रेम' भी प्राकृतिक है—अप्राकृतिक नहीं। जिस दिन मैंने उनसे इस विषय पर बातें कीं उस दिन तो उन्होंने एक अंग्रेज़ी पुस्तक के सहारे 'सुकरात' तक को इस अपराध का अपराधी बताया। कहने लगे कि शेक्सपियर भी अपने किसी खूबसूरत दोस्त का गुलाम था। मिस्टर ऑस्कर वाइल्ड की चर्चा भी उन्होंने की थी। मेरा विश्वास शायद तुम्हें न हो, अत: तुम्हीं उनसे पूछकर मेरी बातों की सत्यता की जाँच कर लो।''

3

प्रिय गोपाल—

''कल शाम को मैंने तुमसे 'चॉकलेट' की चर्चा की थी। घर लौटने पर मेरे हृदय ने कहा कि उक्त विषय को मैंने तुम्हें ठीक से नहीं समझाया। इसी से आज यह पत्र लिख रहा हूँ। इच्छा तो तुमसे मिलने की थी, पर, अभी-अभी मुझे एक ज़रूरी काम से प्रयाग जाना है। मैंने इस विषय पर खूब विचार किया है। इसके कारण समाज की भयंकर हानि हो रही है। देश के नवयुवक जनाने हुए जा रहे हैं। एक बालक जब यह देखता है कि उसके दूसरे साथी पर अधिक लोग आकर्षित हैं, तब वह भी अपने साथी का अनुकरण करने की चेष्टा करने लगता है। 'वेनोलिया' के बाद 'ह्वाइट-रोज़' और 'ह्वाइट-रोज़' के बाद 'पीयर्स-सोप' की सहायता से चॉकलेट बनने की चेष्टा आरम्भ होती है। लड़कों की पढ़ाई-लिखाई का समय सुन्दर बनने के प्रयत्न में चला जाता है और रूप की दुकानदारी के फेर में पड़ने के कारण उनके मस्तिष्क दुर्बल, वासनाएँ प्रबल और आदतें घृणित हो जाती हैं। बहुत से बालक अपने अभिभावकों की अकर्मण्यता से नष्ट हो जाते हैं। अधिकतर अभिभावक अपने लड़कों के परोक्ष जीवन के सुधार की चेष्टा नहीं करते। उनके लिए लड़के का स्कूल जाना और लौट आना तथा वर्ष के अन्त में 'पास' नहीं तो 'प्रोमोटेड' हो जाना ही बहुत है।

''बालकों के सर्वनाश के लिए देश में अनेक स्वनामधन्य स्थान हैं। स्कूलों के 'बोर्डिंग', 'ब्रह्मचर्याश्रम', 'कम्पनी बाग' और 'मेलों-तमाशों' में लड़कों को पथ-भ्रष्ट करने की चेष्टाएँ अधिकतर होती हैं। अनेक बार ऐसी घटनाएँ सुनी गयी हैं जिनमें शिक्षक ही बालकों के नाश के दायी होते थे। ऐसे कम स्कूल होंगे जिनके हैडमास्टर

23 ◆ चॉकलेट

के पास साल में इस प्रकार के दस-पाँच केस न आते हों। फिर भी, सुधार की ओर लोग ध्यान नहीं देते। ऐसे कम विद्यार्थी होंगे जिनका कोई सुन्दर मित्र न हो। विद्यार्थी अपने सुन्दर 'मित्र' को मित्र कहते हैं, 'रिश्तेदार' बताते हैं। पर, मित्र और रिश्तेदार के प्रति उनके आचरण कैसे होते हैं, उसका वर्णन करना असम्भव है। ''अस्तु, गोपू! इस कुप्रथा का अन्त होना चाहिए। अन्यथा हमारे देश की वर्तमान पीढ़ी, भावी पीढ़ियों को भी नष्ट कर डालेगी। थोड़े ही दिनों में देश की वीरता, सच्चरित्रता और मनुष्यता का सर्वनाश हो जायेगा। बस, अधिक बातें मिलने पर''—

—तुम्हारा

मनोहर

मनोहर का पत्र पढ़कर मैंने एक ठंडी साँस ली। दैवोऽपि दुर्बल घातक: ! गुलाम भारत के पीछे कितने रोग लगे हैं ?

संयोग से उसी दिन, दस बजे के करीब, दिनकर बाबू अपने बाल-मित्र के साथ मेरे यहाँ पधारे। लड़के की सूरत गवाही दे रही थी कि वह तीव्र-धी था। उसकी चंचल आँखें कह रही थीं कि ठीक रास्ते से चलाये जाने से यह 'सुन्दर भारतीय' बन सकता था। ऐसे सुन्दर पुष्प को भाड़ में झोंकना! देवता के उपहार को गधे के चरणों में डालना!! मुझे दिनकर बाबू पर घृणा हो गयी। मैंने उनसे पूछा—

''यह आपके कौन हैं ?''

''यह—यह—मेरे मित्र श्रीयुत बनवारीलाल वकील के पुत्र हैं।''

मैंने कहा—''पूछी जो ज़मीं की तो कही आसमान की ?—आपके यह कौन हैं ?''

''मेरे खास कोई नहीं हैं। इनके बाप से मित्रता है। इसीलिए पढ़ने-लिखने के लिए यह कभी-कभी मेरे यहाँ आया-जाया करते हैं। इन्हें आप मेरा छोटा भाई ही समझिये।''

''अच्छा, आप लोग बैठें, मैं कुछ जलपान लेता आऊँ।''

जान-बूझकर मैंने दोनों को एकान्त में छोड़ दिया। घर में जाते समय मैंने देखा। उस लड़के की आँखें मारे शर्म के नीचे गड़ गयी थीं। स्त्री से दो पात्रों में जलपान की सामग्री रखने को कहकर मैं दिनकर बाबू के पीछे की ओर दरवाज़े की आड़ में खड़ा होकर उन्हें और उनके 'छोटे भाई' को देखने लगा। दोनों मेज़ के सामने थोड़े अन्तर पर बैठे थे।

क्षणभर एक दम शान्ति रही। इसके बाद दिनकर बोले—

''क्यों?''

बालक उनकी ओर निहार कर चुप रह गया।

''कल कहाँ थे?''

फिर भी वह चुप रहा।

''बोलो न। कल कहाँ भूल गये थे? तुम जानते हो तुम्हारे बिना मुझे क्षणभर भी चैन नहीं पड़ती। रात को नींद नहीं आयी। बराबर यही सोचता रहा कि तुम नाराज़ तो नहीं हो गये। उफ़! मैं तुम्हें कितना प्यार करता हूँ। इधर आओ!!''

इस बार ज़रा भयपूर्ण उपेक्षा से बालक ने कहा—

''क्या बकते हैं। कोई सुनेगा तो क्या समझेगा।''

''समझेगा क्या—खाक? प्यार करने में भी किसी का इज़ारा है? मैं तुम्हें प्यार करता हूँ। इधर आओ!—

*दर्द है, जौर है, बला है इश्क,*
*शेख क्या जाने तू कि क्या है इश्क!*

इधर आओ रमेश!''

''जो कहना हो वहीं से कहिये। मैं आपके पास नहीं आऊँगा।''

''कान में कहूँगा। गुप्त बात है। आओ, तुम्हें मेरी कसम है, आओ!''

''उहँ! नहीं।''

इस बार धीरे-से गुनगुनाकर दिनकर बाबू ने कहा—

''आओ रमेश!''

''क्या बकते हैं! दूसरे का घर है। कहिये न क्या कहना है? यहाँ सुनने वाला दूसरा कौन है?''

''नहीं आओगे? अच्छा तो मैं ही तुम्हारे पास आता हूँ। मुहम्मद पहाड़ के पास नहीं जाते तो पहाड़ ही मुहम्मद के पास जायेगा—



गाते-गाते, वासनामुग्ध दिनकर बाबू अपनी कुर्सी रमेश की ओर बढ़ाने लगे।

''कोई आ जायेगा। आपके मित्र...।''

रमेश कुर्सी छोड़ मेज़ की बगल में खड़ा हो गया। उसने कहा—

''आज से आप मुझसे न बोला करें।''

''क्यों-क्यों प्यारे! नाराज़ क्यों हो गये?'' कहते-कहते दिनकर उसकी ओर बढ़े।

मेज़ पर 'ब्लू ब्लैक' स्याही की बोतल रखी थी। उसे उठाकर रमेश ने कहा—

''आगे न बढ़ियेगा। नहीं तो मैं इसी से मार दूँगा। दूसरे का घर—शर्म नहीं आती?''

वासना की मदिरा को क्रोध की हवा लग गयी। दिनकर अधिक उत्तेजित हो गये। लड़के की ओर झपटते हुए उन्होंने कहा—

''तुम मेरे हो। तुम पर मेरा अधिकार है। नाराज़ क्यों होते हो? इधर आओ!''

उन्हें झपटते देखकर, केवल भय दिखाने के विचार से, रमेश ने बोतल

को उनकी ओर फेंकने का अभिनय किया। पर, यह क्या!!! बोतल तो उसके हाथ में ही रह गयी पर, उसका कार्क खुल गया! दिनकर बाबू स्याही से भीग गये!! सिर से पैर तक होली खेल ली।

इस बार अपमान, क्रोध, लज्जा और वासना चारों ने दिनकर को ललकारा। उधर इस अचानक काण्ड से रमेश कुछ घबराकर सन्न खड़ा था। झपटकर दिनकर ने उसे अपने काबू में कर आलिंगन-चुम्बन आरम्भ कर दिया—

''मुझसे नाराज़गी ? मुझसे ? प्यारे—प्यारे!''

*  *  *

उसी समय मैंने कमरे में प्रवेश किया। मेरी आहट पाते ही दिनकर ने रमेश को छोड़ दिया। उनके स्याही से पुते मुँह की रगड़ से रमेश का मुख भी काला हो गया था! मैंने कहा—

''दिनकर बाबू! मैंने तो आपके जलपान-मात्र का प्रबन्ध किया था, लेकिन अब साबुन, तौलिया और पानी का भी इन्तज़ाम करना होगा। शायद घर तक जाने के लिए कपड़े भी देने पड़ें। आपका 'छोटे भाई' के प्रति प्रेम दर्शनीय है। अच्छा आप यहीं ठहरें, तब तक मैं रमेश को उसके बाप के यहाँ पहुँचाता आऊँ।''

# 4

उक्त घटना के दूसरे ही दिन से दिनकर का पता नहीं है। छह महीने से अधिक हो गये, अब तक उनके बारे में किसी ने कुछ नहीं सुना।

इधर रमेश के पिता ने भी अपने पुत्र की 'प्राइवेट लाइफ़' पर सतर्क दृष्टि रखना आरम्भ कर दिया है। ईश्वर रमेश की रक्षा करें!

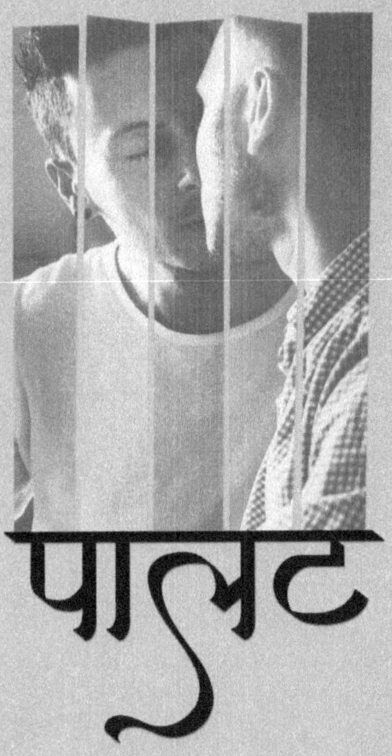

# पालट

# पालट*

## 1

*इश्क क्या-क्या हमें दिखाता है,*
*आह! तुम भी तो यक नज़र देखो।*

**सि**नेमा प्रारम्भ होने की अन्तिम सूचना मिल गयी थी। तीसरी घण्टी बज गयी थी। मैं अपने तीन-चार साथियों के साथ दूसरी श्रेणी में बैठ गया था। इतने में मेरे एक पार्श्ववर्ती मित्र ने कहा—

"अभी महाशयजी नहीं आये?"

"पान खाने लग गये होंगे। आ जायेंगे। उधर देखो, 'कॉमिक' आरम्भ हो गया।"

मित्र को उत्तर देकर मैं परदे की ओर देखने लगा; पर, मेरा यह व्यवहार मेरी पार्टी के नियम के विरुद्ध था। हम लोग जब-जब घूमने-फिरने या थियेटर-सिनेमा देखने जाते तब-तब सब-के-सब साथ ही रहा करते थे। महाशयजी, जिनका पूरा नाम श्रीरामचरणजी है—मेरे दल के एक सर्वप्रिय सदस्य थे। उनकी हास्य-प्रियता और ज़िन्दा-दिली से हम सब उन पर लट्टू रहते थे। उनके अभाव में सिनेमा का मज़ा चौपट हो जाता। चार्लीचैपलिन के हाव-भावों में जितना हास्य नहीं होता, उससे अधिक महाशयजी की

---

* पालट कहानी सबसे पहले *मतवाला* पत्रिका में 19 जुलाई 1924 के अंक में प्रकाशित हुई थी।

टिप्पणियों में होता था। अत: मेरे मित्र ने पुन: कहा—

''पान तो हम सब ने साथ ही खाया है। पान के लिए वह न रुके होंगे। किसी से झगड़ तो नहीं बैठे? कहो तो बाहर जाकर देखूँ।''

मेरे 'कॉमिक'-दर्शन में बाधा पड़ रही थी, अत: मैंने ज़रा चिढ़कर उत्तर दिया—

''आते होंगे। कोई लड़के तो हैं नहीं। ज़रूरत पड़ने पर दो-चार से लड़-झगड़ भी सकते हैं। फिर घबराते क्यों हो? जो देखने आये हो उसे देखो। यह लो। दृश्य समाप्त हो गया। अब रोशनी में ढूँढ़ो कहाँ हैं।''

हम चार-पाँच आदमियों ने एक साथ ही महाशयजी को—बैठे-ही-बैठे ढूँढ़ना आरम्भ किया। क्षणभर बाद ही वह दिखाई पड़े; पर प्रथम श्रेणी में! 'क्यों?' मैं विचार करने लगा—'हम सबने तो एक साथ ही दूसरी श्रेणी का टिकट लिया था। फिर महाशयजी हम से अलग प्रथम श्रेणी में क्यों बैठे? माजरा क्या है? उन्होंने अपना टिकट क्यों बदलवाया?' मैंने महाशयजी को पुकार कर कहा—

''क्यों यार! अलग-अलग कैसे?''

महाशयजी—अरे उस जगह आँखों पर अधिक ज़ोर पड़ता है।

मैं—मगर पैसे तो बचते हैं! फिर हमारी-तुम्हारी सीटों में कोई ज्यादा अन्तर भी तो नहीं है।

महाशयजी—मैं पैसों की तो परवाह नहीं करता। 'शरीरमाद्यं खलु-धर्म साधनम्।' पान खाओ! ओ पानवाले! अबे इधर आ!

आश्चर्य! महा आश्चर्य!! महाशयजी इतने फैय्याज तो कभी नहीं थे। ऐसा नहीं है कि वह पान खिलाते ही नहीं थे। खिलाते थे; पर, पूरी फ़ौजदारी के बाद। मगर, आज बिना कहे-सुने पान! मैंने अपने पार्श्ववर्ती मित्र से पूछा—

''माजरा क्या है? महाशयजी को क्या हो गया है?''

''जो कुछ उन्हें हो गया है, उसे कुछ-कुछ मैं ताड़ गया हूँ। पर, ठीक

नहीं कह सकता। वह पास आवें तो पूछा जाये।''

''आखिर तुमने क्या अन्दाज़ भिड़ाया है। मैं भी सुनूँ।''

''ज़रा उनकी कुर्सी की दाहिनी ओर की तीसरी कुर्सी पर नज़र डालो।''

''वह—'' मैंने तीसरी कुर्सी की ओर देखकर कहा—''वह तो एक लड़का है। उससे तुम्हारा क्या अभिप्राय है ?''

''इण्टरवल होने दो तो मेरा अभिप्राय सुनना। मगर लड़का है बड़ा सुन्दर। किसका लड़का है, जानते हो ?''

''नहीं, जी, मैं क्या जानूँ ? क्या तुमने मुझे किसी स्कूल का टीचर या हैडमास्टर समझ रखा है ? होगा किसी का लड़का।''

फिर खेल आरम्भ हुआ। महाशयजी के प्रेरणानुसार पानवाला हमें, हमारी सीट पर ही, अन्धेरे में पान खिलाकर चला गया।

# 2

इण्टरवल होते ही हम सबने महाशयजी को जा घेरा। सबने एक साथ ही, एक ही, सवाल किया—''क्यों, क्या हाल है ?''

महाशयजी ने भी मुस्कुराते हुए सबको एक साथ ही उत्तर दिया—

*हाल क्या पूछ-पूछ जाते हो,*
*कभी पाते भी हो बहाल मुझे ?*

महाशय जी के उत्तर से किसी को भी सन्तोष न हुआ। फिर प्रश्न-पर-प्रश्न होने लगे—

''यानी ?''

''अर्थात् ?''

''इसका मतलब ?''

महाशयजी बोले—

''बहुत दिनों बाद—भाई—

*किसी के काकुलो रुख़ के निसार हम भी हैं,*
*शिकार  गर्दिशे  लैलोनिहार  हम  भी  हैं।*

बहुत दिनों बाद आज एक तस्वीर देखने को मिली है।''

मेरे एक साथी ने पूछा—

''किसकी तस्वीर? सिनेमा की किस एक्ट्रेस पर हुज़ूर की तबीयत आई है? ज़रा हम भी सुनें।''

महाशयजी—सिनेमा—गोली मारो सिनेमा को। उधर देखो! वह—वह—वही व' हैं जो मेरा दिल चुराये बैठे हैं।

महाशयजी ने उसी लड़के की ओर हमारा ध्यान आकर्षित किया। उस समय वह मिठाई की दुकान पर जलपान कर रहा था। मैंने महाशयजी की पीठ पर एक घूँसा जमाते हुए कहा—

''तुम भी बड़े गन्दे आदमी हो। लड़कों से मज़ाक करते हो?''

पर मेरे अन्य साथियों ने महाशयजी से तहेदिल से सहयोग किया। अनिरुद्ध ने कहा—

''हाँ महाशयजी, पहचान आपकी बड़ी पक्की है। बेशक चॉकलेट 'नम्बर वन' है।''

कल्याणचन्द्र ने कहा—''कहाँ का रहने वाला है उस्ताद? इस चिड़िया को ज़रूर हाथ में करना चाहिए।''

महाशयजी कहने लगे—''ज़रा उसकी आँखों की ओर देखो! उफ़, गज़ब की हैं। ऐसी आँखों के लिए यह शे'र है—

*खिलना कम-कम कली ने सीखा है,*
*उसकी  आँखों  की  नीम-ख़ाबी  से।''*

शिवमोहन कहने लगा—''महाशयजी आपका शे'र मौजूँ नहीं है। यहाँ

पर तो 'बिहारी' का यह दोहा ही अधिक उपयुक्त है—

*बरु जीते सर मैनके ऐसे देखे मैं न।*
*हरिनी के नैनान ते हरि! नीके ये नैन।"*

महाशयजी—बहुत ठीक, बहुत ठीक है। किस कवि का है? ज़रा हमें लिखा दो! मगर ठहरो, वह इधर ही आ रहा है। ज़रा देखो—

*बारीक वह कमर है ऐसी कि हाल क्या है?*
*जो अक्ल में न आये उसका ख़याल क्या है?*

भाई, इससे जान-पहचान करनी चाहिए।

अनिरुद्ध—चाहिये तो ज़रूर; पर, कैसे? इस तरह 'आप कहाँ रहते हैं?' पूछने से वह अपने मन में क्या सोचेगा?

महाशयजी—मैं एक युक्ति बताता हूँ। तुम जल्दी-से शिवमोहन का रूमाल लेकर भागो और शिवमोहन तुम्हारा पीछा करते-करते उसे एक धक्का दे दे। बस, माफ़ी माँगने में परिचय हो जायेगा।

मुझे महाशयजी की सलाह पसन्द न आयी, पर बहुमत उन्हीं के पक्ष में था। अत: इच्छा न रहते हुए भी आन्दोलन में भाग लेना ही पड़ा। निश्चयानुसार अनिरुद्ध शिवमोहन का रूमाल लेकर उसी बालक की ओर दौड़ा और उसका पीछा करते हुए शिवमोहन ने उस बालक को एक धक्का देकर ज़मीन पर गिरा दिया। उसका गिरना था कि महाशयजी बाज की तरह उस बाल-पक्षी पर झपटे। झट-से उसे सहारा देकर उठाया और लगे अपने दुपट्टे से उसके कपड़ों पर की गर्द साफ़ करने। उन्होंने क्रोध से शिवमोहन से कहा—

"बड़े बदतमीज़ हो। किसी भले आदमी को...!!"

बालक के सम्मुख हाथ जोड़कर शिवमोहन ने कहा—

"I am very sorry, क्षमा कीजिये भाई! मैंने जान-बूझकर आपको धक्का नहीं दिया है।"

दूसरे दिन, सायंकाल 5 बजे मुझे महाशयजी के नौकर से मालूम हुआ कि, आज हम सबका महाशयजी के यहाँ निमन्त्रण है। उन्होंने मुझे बड़े आग्रह से अवश्य आने को लिखा था। कल वाले सिनेमा-काण्ड पर मुझे उनसे कुछ बातें भी करनी थीं। अतः मैं साढ़े चार बजे महाशयजी के दरवाज़े पर जा धमका। मैंने सुना, वे अपने कमरे में बैठे हुए अधोलिखित उर्दू पद्य गा रहे थे—

*तीरे नज़र को देखो ज़ख्मे-जिगर को देखो,*
*इस देखने को देखो इसके असर को देखो।*
*दिल तो य' चाहता है खस्ता-जिगर को देखो,*
*आगे तुम्हारी मर्ज़ी चाहे जिधर को देखो।*

बैठक के द्वार पर छिपकर मैं महाशयजी के मुख की ओर देखने लगा। उस समय वह गाने में मुग्ध-से जान पड़ते थे। उनकी आँखों में मादकता थी, स्वर में करुणा थी और उनके भावों में था मदान्धतापूर्ण प्रेम! ग़ज़ल के दो शे'र गा लेने के बाद वे क्षणभर रुके। मानो कुछ सोचने लगे। थोड़ी देर बाद ही एक ठंडी साँस के साथ ग़ज़ल फिर आरम्भ हुई—

*क्या .फ़ायदा जो पूछो त.फसीले गिरिया मुझसे,*
*अश्के रवां को देखो दीवारोदर को देखो।*
*तुम पर भी मरते मुझको बरसों गुज़र गये हैं,*
*इस तूले दास्तां को इस मुख्तसर को देखो।*
*दिल चाहता है मेरा सच है तुम्हारा कहना,*
*छलनी जिगर को कर दो बेशक जिधर को देखो!*
*दिल देके यक हसीं को चाहा न फिर किसी को,*
*मेरी य' वज़ा देखो और उम्रभर को देखो।*

मैंने निश्चय समझ लिया कि, महाशयजी की प्रेम-तरंगें जल्द न शान्त होंगी। अतः धीरे-से कमरे में पैठा।

आदाब-सलाम के बाद ही मैंने उनसे प्रश्न किया—

''आप आज इतने उदास क्यों हैं?''

महाशयजी—भाई; ऐसा जान पड़ता है...'सीने में जैसे कोई दिल को मला करे है।'

''आपने और किस-किस को निमन्त्रित किया है?''

महाशयजी—अपने दल के सभी आयेंगे, और कल वाले हमारे नये साथी भी पधारेंगे।

''कौन?''

महाशयजी—वही सिनेमावाले।

''उनसे आपका परिचय इतना बढ़ गया! उनका नाम क्या है?''

महाशयजी—बड़ा ही सुन्दर नाम है। नाम के स्मरण-मात्र से हृदय को शान्ति मिलती है। उनका नाम है हरिसुन्दर वर्मा। वह स्थानीय डिप्टी कलेक्टर बाबू राममनोहर वर्मा के पुत्र हैं।

''मगर, आपसे और बाबू राममनोहर के परिवार में तो कभी परिचय नहीं था। फिर, आप लोग इतनी जल्दी एक-दूसरे के प्रेमी कैसे हो गये? केवल सिनेमा के धक्के से?''

महाशयजी—अजी नहीं, सिनेमा साले की क्या हस्ती है। हम लोग 'दिल' रखते हैं, प्रेम करना जानते हैं। प्रेम-भरी दृष्टि से जिसकी ओर देख दें वही हमारा गुलाम हो जाता है। Will Power भी कोई चीज़ होती है।

''क्या आप इसे प्रेम कहते हैं? प्रेम? अभागा प्रेम भी सोचता होगा कि किसी से काम पड़ा है। पुरुष पर—उसके सौन्दर्य के लिए—पुरुष का प्रेम होना! मेरी समझ से तो भाई, जैसे 'नारि न मोह नारि के रूपा' वैसे ही 'पुरुष न मोह पुरुष के रूपा' भी होना चाहिए।''

महाशयजी—पर आपकी ही समझ से तो दुनिया चल नहीं सकती। सत्य जहाँ भी हो वहाँ उसका आदर होना चाहिए। सौन्दर्य ही सत्य है। फिर वह चाहे स्त्री के पास हो या पुरुष के—'हम इश्क के बन्दे हैं।'

''आपकी दलीलें सही हो सकती हैं। पर यह शिक्षा का दुरुपयोग है।''

महाशयजी—इतिहास उलटिये। आप के 'रसखान' जी एक लड़के पर मरते-मरते कृष्ण के भक्त हो गये। 'सूर' तो कृष्ण पर सौ जान से फिदा थे। तुलसी? तुमने 'विनय-पत्रिका' में राम के नख-शिख का वर्णन पढ़ा है? वह एक निहायत खूबसूरत लड़के की तस्वीर नहीं तो क्या है?

''चुप भी रहो! पूरे नास्तिक जान पड़ते हो। लौंडों का समर्थन करने के लिए भगवान् रामचन्द्र और श्रीकृष्ण तक को घसीट रहे हो। यह तो कहो अपनी कोठरी में बैठे हो। किसी सभा में ऐसी दलीलें देते तो सिर के बालों की रक्षा असम्भव हो जाती।''

मेरी बातों का उत्तर न देकर महाशयजी पुनः गाने लगे—

*मधुकर, स्याम हमारे चोर,*

*मन हरि लियो माधुरी मूरति चितै नैन की कोर।*

4

शाम हो गयी। कमरे में रोशनी भी कर दी गयी। हमारे और सब मित्र आ गये; पर, महाशयजी के हृदय-चोरजी नहीं पधारे। मामला क्या है? न आयेंगे क्या? कल्याणचन्द्र ने महाशयजी से कहा—

''देर करने से क्या लाभ? हमें खाना-पीना आरम्भ कर देना चाहिए। अब आपके हरिसुन्दरजी नहीं आयेंगे।''

''नहीं आयेंगे!'' महाशयजी ने दुःख से कहा—''तब तो सब व्यर्थ ही समझो—

*गर यार नहीं साकी पैमाना हुआ तो क्या?*

*मामूर शराबों से मै-खाना हुआ तो क्या?*

उनके बिना तो...।''

इसी समय दरवाज़े पर किसी की आवाज़ सुनाई पड़ी। मैंने कहा—

''आ गये!''

सचमुच वही आये। उनका बनाव-शृंगार देखने योग्य था। चिकन का बांगला कुरता, मखमली-पोतकी—विचित्र ढंग से पहनी हुई—धोती, बढ़िया पम्प-शू, रिस्टवॉच, तिरछी टोपी! उन्होंने आते ही महाशयजी से कहा—''माफ़ कीजिएगा—मुझे बहुत देर हो गई।''

महाशयजी—कोई चिन्ता नहीं, आप आ गये यही बहुत है। बैठिये।

अपनी कुर्सी पर महाशयजी ने हरिसुन्दर को आसन दिया और स्वयं एक दूसरी कुर्सी लेकर उनकी बगल में डट गये। इसके बाद खाना-पीना, हँसना-गाना सब हुआ, पर, उस महफ़िल की हमेशा एक ही हालत थी और वह थी—

*सब लोग जिधर वो हैं उधर देख रहे हैं (और)*
*हम देखने वालों की नज़र देख रहे हैं।*

हरिसुन्दर की जिसकी ओर नज़र घूम जाती, वह पुलकित-कलेवर हो जाता! उसके भाग्य धन्य हो जाते। साढ़े आठ बजे रात हम सब वहाँ से अपने-अपने घर लौटने को तैयार हुए। हरिसुन्दर ने भी हमारे ही साथ महाशय जी से जाने की आज्ञा माँगी। पर, हमें विदा देकर महाशयजी ने यह कहकर 'हरि' को रोक लिया कि—'हम भी तुम्हारे साथ ही चलेंगे। ज़रा और ठहरो।'

5

उस दिन महाशयजी हमारी मण्डली में नहीं थे। दो-तीन महीने से उनके दर्शन दुर्लभ हो रहे थे। वह हमेशा अपने प्यारे हरि के ही फेर में पड़े रहते थे। मैंने महाशयजी और हरिसुन्दर की बातों को छेड़ते हुए शिवमोहन से पूछा—

''आखिर ये लड़के इस पाप-पंक में फँसते कैसे हैं?''

''शिक्षित और अपने से अवस्था में अधिक शिकारियों की चालों से।

39 ◆ चॉकलेट

लड़के स्वयं बदमाश कम होते हैं। उन्हें अधिक अवस्था वाले बदमाशी की ओर प्रेरित करते हैं।''

''कैसे ?''

''पालट बनाकर। स्वार्थपूर्ण त्याग को सच्चे त्याग के रूप में दिखाकर। वे लड़कों को थियेटर दिखाते हैं, सिनेमा में ले जाते हैं, कचालू या कुल्फ़ी की दुकान पर जलपान कराते हैं ! रूमाल दान करते हैं, और क्या-क्या नहीं करते। इधर हमारा समाज स्वयं लड़कों के सम्मुख सब-कुछ करते हुए भी, उनको उनसे दूर रखना चाहता है। बाप लड़के के सम्मुख इत्र लगायेगा और उसे न लगाने का उपदेश देगा। स्वयं सिनेमा, थियेटर और वेश्यालय जायेगा और उसको पान खाने से भी रोकेगा। ऐसे लड़के ज़रा भी सन्धि पाते ही फूट पड़ते हैं ! दुश्चरित्र हो जाते हैं। हरिसुन्दर के फँसने की कथा आपने महाशयजी से सुनी है या नहीं ?''

''नहीं तो ?''

''बकौल महाशयजी, हरिसुन्दर को घर से खर्च के लिए बहुत कम रुपए मिलते हैं। यही तीन-चार रुपए मासिक। हमारे महाशयजी ने पहले तो हरि को सिनेमा दिखाना शुरू किया और शुरू किया उसके पीछे सैकड़ों नहीं तो पचासों रुपये खर्च करना। बीच-बीच में वह अपना प्रेम भी दिखाते जाते थे। उसका जूठा जल पी लेते और खाना भी उसके साथ ही खा लेते। कान में ही बातें करते। इस तरह हरि उनके रुपयों के बोझ से दब गया। उसका नैतिक पतन प्रारम्भ हो गया। एक दिन महाशयजी ने उससे पूछा—

''तुम मुझ पर विश्वास करते हो ?

''हरिसुन्दर—क्यों नहीं। आप पर कौन विश्वास न करेगा ?

''महाशयजी—मुझे धोखेबाज़ या लम्पट तो नहीं समझते ?

''हरिसुन्दर—राम, राम ! यह आप क्या कहते हैं ? मुझे इतना नीच समझते हैं ? आप यदि मेरे साथ कोई बुरा व्यवहार भी करें, तो भी मैं आप पर लांछन नहीं लगा सकता।

''बस फिर क्या था! बातों ही बातों में महाशयजी ने उसका एक चुम्बन ले लिया और कहने लगे—

*हम बोसा लेके उनसे गज़ब चाल कर गये...*
*यों बख्शवा लिया कि य' पहला कसूर था।*

''फिर बोले—चुम्बन पवित्र प्रेम-चिन्ह है। माँ बच्चे को पवित्र प्रेम से चूमती है। भाई, अपनी छोटी बहन या छोटे भाई का पवित्रतापूर्ण चुम्बन लेता है।

''उसी दिन से महाशयजी नित्य हरिसुन्दर को पवित्र चुम्बन करते हैं।''

मैंने कहा—''उफ़! प्रेम की कितनी बड़ी हत्या है? हृदय का कैसा भीषण पतन है? मनुष्यता का कितना घोर अपमान है?

''यद्यपि इस विषय में मैं भी अपने को महाशयजी की तरह दुर्बल समझता हूँ, फिर भी, यह कहने में मुझे कोई संकोच नहीं कि हमारी वर्तमान पीढ़ी चौपट हो रही है। जिन लड़कों को व्यायाम करना चाहिए वे एकान्त कोठरी में 'घोखना' (न जाने उनकी नज़र में घोखने का क्या अर्थ है?) सीखते हैं। जिन्हें तलवार का अभ्यास करना चाहिए वे 'तीरे नज़र' चलाते हैं। मेरी राय में देश के पचास फ़ीसदी लड़के और किसी-किसी प्रान्त के निन्यानवे फ़ीसदी लड़के अपने चरित्र, वीर्य और बल का भयंकर नाश कर रहे हैं! और समाज चुप है। सुधारक दाँतों तले अँगुली दाबे खड़े हैं। मैं दृढ़ता से यह कह सकता हूँ कि भले ही लड़के मूर्ख रह जायें; पर, उन्हें आधुनिक शिक्षालयों में नहीं भेजना चाहिए। इस कुशिक्षा के उद्गम आजकल के शिक्षालय ही हैं।''

6

बहुत दिनों बाद महाशयजी का उदास मुख दिखाई पड़ा। मैंने पूछा—
''आप इतने अन्यमनस्क क्यों हैं?''

41 ◆ चॉकलेट

महाशयजी—वह बीमार है।

मैं—कौन ? हरि ?

महाशयजी—हाँ, बहुत सख्त बीमार है।

मैं—क्यों, उसकी बीमारी में आप उसके पास क्यों नहीं हैं ?

महाशयजी—गत परीक्षा में वह फ़ेल हो गया। वह परीक्षा देने के समय भी बीमार था। फ़ेल हो जाने पर उसके पिता से किसी ने मेरी शिकायत कर दी। तभी से मैं उसके घर नहीं जाता और वह तो बीमार ही है।

मैं—उसे क्या हुआ है ?

महाशयजी—दमा ! एकदम सूख गया है। हड्डी-पसली निकल आयी हैं।

मैंने उस दिन महाशयजी से लोहा लेने का निश्चय कर कहा—

''यह सब आपकी ही दया से हुआ होगा। आपने उस बेचारे का सर्वनाश कर दिया! छि: !!''

ज़रा टेढ़े होकर महाशयजी ने कहा—

''मैंने उसका क्या बिगाड़ा है ? मेरे न जाने कितने रुपये उसके पीछे बिगड़ गये। वह साला खुद ही बदमाश है। बड़े आदमियों के लड़कों को तुम नहीं जानते। वे पूरे छँटे होते हैं।''

मैंने कहा—''बस जाने दीजिये। अधिक सफ़ाई देने की ज़रूरत नहीं है। आप मनुष्य के रूप में राक्षस हैं, पशु हैं। आपका मुख देखने से पाप लगता है। कृपा कर अब आप मेरे यहाँ न पधारा करें। हम भी लड़के-बच्चे वाले हैं। कौन अपने लड़कों के, 'चॉकलेट' या 'पालट' बनाकर प्राण लेगा।''

*  *  *

इस घटना के दूसरे ही दिन हरिसुन्दर की मरने की खबर मिली। उक्त संवाद को सुनते ही मैंने अपना माथा पीटते हुए कहा—''अभागे हरि! जघन्य समाज !!''

हम फ़िदाये लखनऊ

# हम फ़िदाये लखनऊ*

## 1

लखनऊ के एक हाई स्कूल में हम दोनों शिक्षक थे। उनका नाम प्रकाशित करना और मुर्दे पर तलवार चलाना बराबर है। हम यहाँ पर उन्हें 'प्रसाद' बाबू कहकर काम चला लेंगे। यद्यपि कॉलेज में प्रसाद बाबू बहुत दिनों तक मेरे क्लासफैलो थे, परन्तु स्कूल में मैं उनसे 'सीनियर' शिक्षक था। प्रसाद बाबू बी.ए. में दो वर्ष लुढ़क गये थे। इसी से उनके एल.टी. पास कर शिक्षक होते-होते मैं दो वर्ष का अनुभवी मास्टर हो गया था।

ज्यों ही उनकी नियुक्ति मेरे स्कूल में हुई त्यों ही—उनकी पुरानी आदतों को याद कर—मैंने उनसे कहा—''देखो भाई, यह स्कूल है। शिक्षकों के सिर पर बड़ी ज़िम्मेदारी रहती है। यदि यहाँ पर भी तुम्हारा कॉलेज या स्कूल में पढ़ने के समय का जीवन रहेगा तो अनर्थ हो जायेगा। साथ ही, तुम चौपट भी हो जाओगे। शिक्षकों का जीवन स्वभावतः सरल और पवित्र होने में ही सुन्दर मालूम पड़ता है। छोटे बालकों के शिक्षक राष्ट्र की जान हैं।''

इस पर उन्होंने मुस्कुराकर अपने उसी पुराने स्वर से उत्तर दिया— ''हरिहर! जनम-भर दिल्ली में रहकर तुमने भाड़ ही झोंका है। जैसे बुद्धूराम तब (कॉलेज में) रहे, वैसे ही बुद्धूराम अब भी हो। अपने लोगों के जीवन का उद्देश्य है आनन्द करना। हम लोग नरक में भी आनन्द ही करने की

---

* यह कहानी सबसे पहले *मतवाला* पत्रिका में 6 सितम्बर 1924 के अंक में प्रकाशित हुई थी।

कोशिश करेंगे। सन्त बनकर रहना होता, तो इस दरिद्र स्कूल में क्यों आता? यहाँ पर दर्जनों स्कूल हैं; पर उनमें यहाँ की तरह 'चॉकलेट-मण्डली' नहीं। वही तो हमारी जान ठहरी। हम तो सच्चे सौन्दर्योपासक हैं। जहाँ सौन्दर्य होगा, वहीं अपने राम भी होंगे। इसीलिए यहाँ आया हूँ। जब तक रहूँगा, तब तक आनन्द ही करूँगा।''

यही मेरी आदत है। आदमी की दुर्बलताओं से घृणा करते हुए भी मैं आदमी को आदमी ही समझता हूँ। फिर प्रसाद बाबू तो मेरे मित्र भी थे। मैंने कहा—

''अच्छा भाई, मैंने अपना फ़र्ज़ अदा कर दिया। आगे तुम्हारी मर्ज़ी, अपनी भलाई जितनी तुम्हें प्रिय होगी उतनी, हज़ार मित्रता होने पर भी, दूसरों को नहीं। ऐब कौन नहीं करता? पर हुनर के साथ किया हुआ ऐब ही छिप सकता है। जो जी में आये करो; पर अपनी प्रतिष्ठा और पद का ध्यान रखकर।''

प्रसाद बाबू बिना कुछ उत्तर दिये ही, मेरी ओर देखकर मुस्कुराते हुए, गाने लगे—

*लखनऊ हम पर फ़िदा है*
*हम फ़िदाये लखनऊ।*

## 2

आठ महीने के भीतर ही प्रसाद बाबू हमारे स्कूल में भूत की तरह प्रसिद्ध हो गये। लड़के उन्हें किसी दूसरी दृष्टि से देखते और शिक्षक किसी और। एक दिन 'अवकाश' के समय 'टीचर्स रूम' में (प्रसाद बाबू की अनुपस्थिति में) उनकी चर्चा चली; तो एक अध्यापकजी कहने लगे—

''भाई, वह बड़े भयंकर आदमी हैं। स्कूल को, हैडमास्टर को, अपनी मर्यादा को, और नौकरी को कुछ समझते ही नहीं। जब देखो तब लौंडों

46 ◆ चॉकलेट

के फेर में पड़े रहते हैं। आखिर बकरे की माँ कब तक खैर मनायेगी ?''

उक्त अध्यापकजी की बातें सुनकर वयोवृद्ध संस्कृताध्यापक पण्डित जगदम्बा शास्त्री, अपने बड़े नथुने में सूँघनी घुसेड़ते हुए कहने लगे—

''जो है सो यह कलियुग है। कल के बालक, बी.ए. का बिल्ला पाते ही, जो है सो, नभोमण्डल पर पाद-प्रहार करने को प्रस्तुत हो जाते हैं। बालकों से प्रेम! गोविन्द! गोविन्द!! कौन-से नरक में, जो है सो, इन्हें स्थान मिलेगा ?''

इतिहास के विशेषज्ञ शिक्षक मिस्टर घांड़ेकर कहने लगे—

''वह शख्स इस फ़न का पूरा उस्ताद है। त्याग और प्रेम के जाल में बालकों को फँसाता है। परन्तु सुन्दर बालकों को। जिसका रूप है, वही उसकी क्लास का 'मॉनीटर' है। जिसका रूप है, वही गालों पर केवल दो कोमल चाँटे खाकर, Stand up on the bench के Order से बच सकता है। बेचारे बद-शक्लों की उसके राज्य में मौत ही समझिये।''

एक साहब मिस्टर घांड़ेकर का समर्थन करते हुए कहने लगे—

''अरे वह खूबसूरत लड़कों के लिए हैडमास्टर तक दौड़ लगाता है। भाई, मुझे तो उससे नफ़रत हो गई है। मैं बारह वर्षों से इस स्कूल में अध्यापक हूँ, परन्तु, आज तक ऐसा बदमाश साथी मुझे कभी नहीं मिला था। यदि उसकी यही आदत बनी रही, तो थोड़े ही दिनों में इस स्कूल की काफ़ी बदनामी हो जायेगी। क्यों हरिहर बाबू! वह तो तुम्हारा दोस्त बनता है, उसे तुम समझाते क्यों नहीं? कहते क्यों नहीं कि अध्यापक का चरित्र-भ्रष्टता के पथ पर चलना आग से खेलने के बराबर है।''

इतने में सबकी नफ़रत-भरी नजर, 'टीचर्स रूम' की ओर से आते हुए प्रसाद बाबू पर पड़ी। वह अकेले नहीं थे, चार-पाँच सुन्दर, सजीव तस्वीरों ने उन्हें घेर रखा था!

स्कूल की वार्षिक परीक्षा प्राय: समाप्त हो चली थी। सभी टीचरों के पास, जाँची जाने के लिए, कॉपियाँ आ गई थीं। उसी समय तो स्कूल के विद्यार्थियों में गुरु-भक्ति का उदय होता है। उसी समय उनके प्रणामों से श्रद्धा टपका करती है और उनके व्यवहार से गम्भीरता-भरी शिष्टता।

सायंकाल का समय था रविवार के कारण दिनभर घर पर पड़े रहने से चित्त घबरा गया था। मैंने सोचा कि ज़रा प्रसाद बाबू के यहाँ चलूँ। उनके साथ कुछ समय गपशप करने की इच्छा थी।

मैं धड़धड़ाता हुआ प्रसाद बाबू के घर में पैठ गया, कोई रोक-टोक तो थी ही नहीं। पर यह क्या? जिस कमरे में प्रसाद बाबू बैठा करते हैं, उसका द्वार भीतर से बन्द क्यों है? भीतर रोशनी भी तो जल रही है। मैं पाँव दबाता हुआ दरवाज़े के पास जाकर खड़ा हो गया। वहाँ से स्पष्ट सुनाई पड़ रहा था कि भीतर दो आदमी बातें कर रहे हैं। मैं दरवाज़े पर कान लगाकर खड़ा हो गया।

भीतर से किसी ने फुसफुसा कर कहा—

''तो, अब क्या होगा?''

''होगा क्या? एक साल फ़ेल ही हो जाओगे, तो क्या हो जायेगा।''

''देखिये—देखिये मास्टर साहब, आपको मेरी कसम! इस वक्त मज़ाक न कीजिये। फ़ेल हो जाऊँगा तो घरवाले जीने देंगे?''

''मैं कहता हूँ, जब यही चिन्ता थी तब पहले मेरे यहाँ आये क्यों नहीं? इस वक्त तुम्हारा गिड़गिड़ाना देखकर जी चाहता है कि तुम्हारी नाक...।''

इसके बाद किसी ने कोमल स्वर से, घबराकर, कहा—

''यह क्या? यह क्या करते हैं? दाँत के निशान बन जायेंगे! अरे!... अरे!! नाक!!! हटिये भी...! हाँ-हाँ! उफ़! गाल पर दाँत के निशान बन गये। ज़रा आईने में देखूँ। आप भी...आप यह क्या करते हैं?''

मुझे ऐसा मालूम पड़ा मानो कोई चौकी पर से उतर कर कमरे में चल

रहा है। क्षणभर फिर वही कण्ठ-ध्वनि सुनाई पड़ी—

''बड़े ज़ोर से काट लिया मास्टर साहब! कोई पूछेगा तो क्या कहूँगा?''

''कह देना कि खाट की बाँध पर सो गया था उसी के निशान हैं। चलो, इधर आओ।''

''पहले आप यह बतलाइये, मैं हरिहर बाबू के पर्चे में कैसे पास होऊँगा?''

अपना नाम सुनकर मैंने सोचा, 'चलो, प्रसाद बाबू मेरी दोस्ती का सूद वसूल कर रहे हैं।' उधर मास्टर साहब ने जवाब दिया—

''पहले यहाँ आओ, हरिहर बाबू की चिन्ता करने की कोई आवश्यकता नहीं।''

''क्यों? क्या आपके कहने को वह नहीं टालेंगे? सच बताइये मास्टर साहब!''

''पहले यहाँ आओ! दूर रहोगे तो कुछ भी न बताऊँगा।''

''आया;'' दो-तीन कदम चलकर—शायद चौकी पर बैठकर—उसी कोमल-कण्ठ वाले ने कहा—''आया, अब बताइये।''

''मैं हरिहर बाबू के पर्चे में तुम्हें पास तो करा सकता हूँ; पर इससे मुझे फ़ायदा...?''

कोई उत्तर नहीं मिला। शायद उस लड़के का हाथ पकड़ कर मास्टर साहब ने कहा—

''आराम से बैठो। जी चाहे लेट रहो। मैं लड़कों से बिलकुल दोस्तों-सा व्यवहार रखता हूँ।''

''मैं आराम से हूँ। आप बताइये। अब देर हो रही है। पिताजी नाराज़ होंगे।''

''तुम प्रतिज्ञा करो कि गर्मी की छुट्टियों में रोज़ एक बार मेरे यहाँ आओगे। बोलो!''

''आऊँगा—कोशिश करूँगा।''

‘‘कोशिश करूँगा नहीं, साफ़ कहो, मेरी छाती पर अपना सिर रख कर कहो—आऊँगा।’’

अब मैं अपने को अधिक न रोक सका, मैंने पुकारा—‘‘प्रसाद बाबू!’’ साथ ही दरवाज़े पर एक धक्का भी दिया। अरे! दरवाज़ा भीतर से केवल चिपकाया हुआ था। मेरे धक्के के साथ ही फट्! फट्!! करके अलग हो गया। भीतर नज़र गयी तो देखा, एक ही चौकी पर प्रसाद बाबू और सातवीं श्रेणी का एक छात्र दूध पानी की तरह मिले पड़े थे। मैंने उस समय खटाई का काम किया। मुझे देखते ही वह लड़का झट-से चौकी से नीचे उतर कर खड़ा हो गया। मेरी आँखों से अंगारे निकलने लगे। प्रसाद बाबू पर नफ़रत की एक नज़र डालते हुए मैंने उस लड़के से कहा—

‘‘दुलारे!’’

‘‘कहिये—आज्ञा—सर।’’

‘‘ज़रा एक मिनट के लिए बाहर तो चलो। बड़ी ज़रूरी बात है। आप—प्रसाद बाबू—क्षणभर के लिए मुझे क्षमा करें, मैं अभी हाज़िर हुआ।’’

मेरे हाथ में एक साधारण बेंत था। प्रसाद के घर के बाहर आकर उसी बेंत से मैंने उस रामदुलारे को दर्जनों बेंत लगाये। उस अभागे के मुख से मारे शर्म के एक चीख तक न निकली। इसके बाद मैंने कहा—

‘‘सीधे घर जाओ! खबरदार, अब कभी इतनी रात को प्रसाद बाबू के घर पर मत आना। मैं कल तुम्हारे बाप से भेंट करूँगा। नालायक!’’

4

फिर मैं उस नीच मित्र के घर के भीतर नहीं गया। अच्छा ही किया जो नहीं गया। कौन जाने क्रोध के आवेग में क्या कर बैठता! सीधे घर आकर सातवीं श्रेणी के छात्रों की ‘हिस्ट्री’ की कॉपियाँ, मेज़ से बाहर निकाल कर, देखने लगा। सबसे पहले रामदुलारे की ही कॉपी जाँचने लगा। पहला प्रश्न

था—'शायस्ताखाँ के बारे में तुम क्या जानते हो?' इसका उत्तर, रामदुलारे ने लिखा था—

'शायस्ताखाँ, ताजमहल के बनवाने वाले प्रसिद्ध जहाँगीर का बड़ा लड़का और सेनापति था। बीजापुर के मैदान में उसने छल से महाराज शिवाजी को मार डाला था। एक बार शायस्ताखाँ की लड़की बहुत बीमार हो गयी थी जिसे किसी फिरंगी डॉक्टर ने अच्छा किया था। पुरस्कार माँगने के स्थान पर उस डॉक्टर ने हिन्दुस्तान में अंग्रेज़ी व्यापार के प्रचार की आज्ञा माँगी। शायस्ताखाँ ही ने जहाँगीर से प्रार्थना कर अंग्रेज़ी व्यापारियों के लिए भारत का द्वार खुलवा दिया था।'

उक्त प्रश्न के उत्तर के लिए एक बड़ा-सा 'ज़ीरो' कॉपी में बनाकर दूसरा प्रश्न देखने की इच्छा से मैं पन्ने उलट ही रहा था कि प्रसाद बाबू आये। उन्होंने आते ही मुझसे पूछा—

"आप मुझसे बिना मिले ही क्यों चले आये?"

अब प्रसाद बाबू को अधिक क्षमा करना उचित न समझ कर मैंने उत्तर दिया—

"आप मिलने लायक आदमी नहीं हैं। क्षमा कीजिये, आज से मेरी-आपकी मित्रता समाप्त हो गयी। मैं ऐसे गुण्डों और राक्षसों से किसी प्रकार का सम्बन्ध रखना पाप समझता हूँ।"

प्रसाद बाबू—आप कहते क्या हैं? अपने घर पर किसी भले आदमी को अपमानित करना सज्जनता के खिलाफ़ है।

मैं—"भले आदमी? तुम? आवारा कहीं के!" मैंने कह दिया, "हमारी-तुम्हारी दोस्ती समाप्त हो गयी। कल स्कूल खुलते ही तुम्हारे विरुद्ध आन्दोलन होगा और उस आन्दोलन का संचालन होगा मेरे द्वारा। कल—कल तो होने दो!"

प्रसाद बाबू—"आज आपकी तबीयत अच्छी नहीं मालूम पड़ती। तभी अनाप-शनाप बक रहे हैं।"

मैं—''खैर। अब तुम सीधे मेरे घर के बाहर चले जाओ, नहीं तो नौकर बुलाना पड़ेगा। तुम्हें शर्म नहीं आती ? शिक्षक होकर लड़कों का चरित्र नष्ट करने वाले राक्षस ! तुमको किस नरक में स्थान मिलेगा ?''

मुझे अधिक उग्र होते देखकर प्रसाद डर गया। उसके चेहरे पर हवाइयाँ उड़ने लगीं। उसने आजिज़ी-भरी आवाज़ से कहा—

''अच्छा भाई, इस बार माफ़ कर दो। मगर देखो, रामदुलारे को फ़ेल न करना, मेरी यही एक बात...।''

प्रसाद का हाथ पकड़कर उसे दरवाज़े की ओर धकेलते हुए मैंने कहा—

''अब तुम सीधे-से अपना रास्ता लो। दुष्ट कहीं का...!''


# 5

सब टीचरों के विरोध के सम्मुख प्रसाद बाबू की नौकरी न टिक सकी। वह उक्त घटना के तीन दिनों के भीतर ही स्कूल से निकाल दिया गया। उक्त घटना के बाद उसका लखनऊ में रहना मुश्किल हो गया। वह जिधर निकल जाता, उधर ही चार आदमी उसकी ओर अंगुली उठाते दिखाई पड़ते। सब जान गये थे कि प्रसाद बाबू 'पालट पन्थी' है, मनुष्य के वेश में राक्षस है, पशु है। अन्त में लाचार होकर उस दुष्ट को अपनी रोटी के लिए कलकत्ता भाग जाना पड़ा।

* * *

एक वर्ष पहले की बात है—कलकत्ते के *स्टेट्समैन* अखबार में मैंने एक खबर पढ़ी, जिसका आशय था—

''लखनऊ का रहने वाला 'प्रसाद...' स्थानीय सेठ...के यहाँ ट्यूशन करता था। उसने एक दिन एकान्त पाकर सेठ के पुत्र के साथ...! उस दुष्ट को सात साल की सख्त सज़ा मिली।''

उक्त समाचार को पढ़कर मैंने कहा—''उसे फाँसी क्यों न दे दी गई? ऐसे नर-पशुओं को तो प्राण-दण्ड ही मिलना चाहिए। जाओ बेटा! चलाओ चक्की और गाओ मलार। अभी तो मालूम होगा कि पाप का दण्ड कितना भीषण होता है! आशा है अब कभी तुम्हारे मुँह से—

लखनऊ हम पर फ़िदा है, हम फ़िदाए लखनऊ न निकलेगा।''

# कुमारिया नागीन-सी बल खाय

# कमरिया नागिन-सी बल खाय*

## 1

अन्य थियेट्रिकल कम्पनियों की तरह वह कम्पनी भी सप्ताह में एक दिन अपने एक्टरों और दर्शकों को विश्राम करने का मौका देती थी। शुक्रवार के दिन कोई खेल नहीं दिखाती थी। उस दिन थिएटर हॉल में 'सिनेमा' दिखाया जाता था। सप्ताह-भर स्टेज पर गला फाड़-फाड़ कर चिल्लाने वाले एक्टर, शुक्रवार के दिन भरपेट विश्राम करते थे। कोई दस बजे रात तक शहर में घूमता, कोई दाल की मण्डी की वेश्याओं पर अपने जौहर की परीक्षा करता, कोई शहर की नव्य मित्र-मण्डली में बैठकर अपने नाट्य-कौशल की प्रशंसा सुनता और कोई कुछ नहीं, तो एकान्त में शराब ही ढालता। कुछ लोग 'सिनेमा-भवन' में ही जाकर डट जाते! शुक्रवार को सिनेमा में भीड़ भी काफ़ी होती थी; कारण, शहर के मनचले, स्कूलों के लाड़ले—थिएटरवालों से मुहब्बत बढ़ाने के लिये, उस दिन सिनेमा ज़रूर जाते थे। ऐसे मनचलों को शुक्रवार के सिनेमा में, थिएटर की वेश्याओं के दर्शन मिल जाते थे और अक्सर मिल जाते थे—अनेक थियेट्रिकल चॉकलेट! चॉकलेटों को मनचला-मण्डल अधिक पसन्द करता था; क्योंकि बिना अधिक कठिनता का सामना किये ही लोग उन (चॉकलेटों) से बातें कर सकते और कुछ घनिष्ठता बढ़ जाने पर तो हाथ तक मिला सकते थे।

---

* यह कहानी सबसे पहले *मतवाला* पत्रिका में 6 दिसम्बर 1924 के अंक में प्रकाशित हुई थी।

दरस-परस तथा सरस-सम्भाषण से भी वासना-विकृत मस्तिष्कों को एक प्रकार की अशान्तिमयी-शान्ति मिलती है। वैसी ही, जैसी बोतल-की-बोतल उँड़ेल जाने वाले को दो-एक प्याली शराब से।

''अभी समाप्त कहाँ हुआ? ठहरो भी, मानते ही नहीं! इसीलिए ज़बरदस्ती यहाँ लिवा लाये थे? अरे भाई, एक पार्ट छोड़कर क्यों भागने की तैयारी कर रहे हो?''

बलपूर्वक अपनी ओर खींचते हुए हरनारायण ने मुझसे कहा—''अरे यार, क्यों सितम ढा रहे हो? मेरा सब मज़ा किरकिरा हो जायेगा। सारा प्रोग्राम ही चौपट हो जायेगा। चलो!''

मैंने साधारण रुक्षता के साथ उत्तर दिया—''कैसा मज़ा और कैसा किरकिरापन? जिस काम के लिए पैसे खर्च हुए हैं, उसका पूर्ण आनन्द तो ले लेने दो। एक बार और 'पर्ल ह्वाइट' का हँसता हुआ मुखड़ा तो देख लेने दो।''

''चूल्हे में जाये तुम्हारी पर्ल ह्वाइट। हज़ारों बार उसे देखने पर भी अभी तक तुम्हें सन्तोष नहीं मिला। अब मैं तुम्हें यहाँ बैठने नहीं दूँगा। बाहर चलो भी, ऐसी चीज़ दिखाऊँ कि रूह फड़क उठे, होश ़फ़ाख्ता हो जायें, 'अल्लाह की कुदरत का तमाशा नज़र आये'! बस चले ही चलो!''

लाचार होकर मुझे सिनेमा-हॉल का परित्याग करना पड़ा। बाहर आकर एक तम्बोली की दुकान पर हरनारायण बाबू खड़े हो गये। उन्होंने मुझसे कहा—

''तम्बोली से कह दो कि धीरे-धीरे, ज़रा अच्छे पान तैयार करे। तब तक मैं अपने शिकार पर नज़र दौड़ाता हूँ...।''

एकाएक सिनेमा-हॉल की ओर देखकर हरनारायण बाबू चमक उठे—

''वह देखो, वही! आ रहा है। अभी पान का ध्यान छोड़ दो, थोड़ी देर बाद। तब तक इधर आओ!''

सिनेमा-हॉल से निकल कर जो भीड़ दक्षिण की ओर आ रही थी,

उसी तरफ़ मुझे घसीटते हुए, हरनारायण जी झपटे! प्रायः तीन मिनटों तक तीव्र गति से चलने के बाद अपनी गति मन्द करते हुए उन्होंने कहा—

''देखो, वही जा रहा है। आज अच्छा मौका मिला है। चलो उसे रोका जाये। घबराना मत, मैं सब ठीक कर लूँगा। तुम चुपचाप खड़े भर रहना।''

ज़रा आगे बढ़कर हरनारायण बाबू ने पुकारा—''ए जनाब! ज़रा सुनिये भी।''

पास जाने पर मुझे मालूम हुआ, हरनारायण बाबू के 'जनाब' और कोई नहीं, थिएटर के अल्प-वयस्क अभिनेता थे! बाबू साहब ने हृदय की सारी मिठाई में अपनी ज़बान को डुबोकर पूछा—

''आपका ही शुभ नाम 'रामू' है?''

''जी हाँ, क्यों? आप कौन हैं?''

''यों ही पूछता हूँ, आप में गुण ही ऐसे हैं जिन पर सबकी दृष्टि पड़ती है। आज तो थिएटर नहीं है? फिर इतनी जल्दी क्या पड़ी है? ज़रा पान खाते जाइये।''

''पान? हाँ, पान खाने में कोई आपत्ति नहीं है। मगर, आप जानते हैं, हम लोग परतन्त्र हैं। थिएटर के मालिक की आज्ञा नहीं है कि हम लोग बाहरी लोगों से सम्बन्ध रखें।''

''यहाँ पर कौन मालिक है? फिर मेरा परिचय तो इस कम्पनी के अनेक एक्टरों और मैनेजरों तक से है। आप पर कोई रुष्ट न होगा। आइये।''

हम लोग पुनः तम्बोली की दुकान की ओर लौटे। वह लड़का (रामू) सचमुच बहुत सुन्दर था। उसके विस्तृत नेत्र, उन्नत कपोल और गर्दन तक झोंके खाते हुए केश बहुत आकर्षक जान पड़ते थे। पान लगानेवाला तम्बोली रामू को देखकर मुस्कुरा पड़ा, आस-पास के पथिक, उसकी और हमारी ओर इस तरह देखने लगे मानो हम लोगों के हाथ में कोई सोने की चिड़िया आ फँसी है। धीरे-धीरे बातें शुरू हुईं—

हरनारायण (रामू से)—''इस कम्पनी में आपका कोई रिश्तेदार भी

रहता है।''

रामू—''जी हाँ, मेरे पिताजी भी इसी कम्पनी में हैं, वही जो 'खूबसूरत बला'* में 'तौ़फ़ीक' का पार्ट करते हैं।''

हरनारायण—''ओ हो! वह तो बड़े अच्छे एक्टर हैं। आप लोग गुजराती हैं न?''

रामू—''जी हाँ, हम गुजराती ब्राह्मण हैं। हमारी जन्म-भूमि अहमदाबाद ज़िले में है।''

हरनारायण—(रामू को पान देते हुए) ''लीजिये, पान खाइये। आपके पिताजी तो घूमने-फिरने के लिए ज़रूर स्वतन्त्र होंगे? बड़े एक्टरों को तो कम्पनीवाले नहीं रोकते?''

रामू—(पान खाते हुए) ''पिताजी घूमने-फिरने के लिए स्वतन्त्र हैं, वह चाहे तो मुझे भी अपने साथ घुमा सकते हैं। बस, अब क्षमा कीजिये, देर हो रही है।''

हरनारायण—''हाँ, हाँ, जाइये। क्षमा कीजिएगा, आपको हमने बड़ा कष्ट दिया। आप तो मेरे छोटे भाई के समान हैं। कल आपके पिताजी से भेंट करूँगा, तब आप लोगों को एक दिन अपने गरीबखाने पर बुलाऊँगा। आईयेगा न?''

रामू—''यदि पिताजी की इच्छा होगी, तो मुझे कोई इनकार नहीं।''

''अरे! यह क्या?'' हरनारायण बाबू ने अपने रूमाल से रामू के कपोलों को, हल्के हाथ, दो-तीन बार स्पर्श करते हुए कहा—''आप की ठुड्ढी पर चूना लग गया था!''

---

* एक पारसी नाटक का शीर्षक

2

उनका उद्देश्य मेरी समझ में आ गया। यद्यपि यह मुझे बहुत दिनों से मालूम था कि हरनारायण बाबू सदा के लम्पट हैं, फिर भी मैं यह नहीं जानता था कि तीस वर्ष की अवस्था हो जाने पर भी बाबू साहब 'चॉकलेटों' के फेर में पड़ेंगे। रामू के प्रति उनका अनुराग देखकर मेरा जी जल गया। घर की तरफ़ लौटते हुए मैंने उनसे कहा—

''इसी को कहते हैं कि 'बूढ़े हो गये, पर नाक लगी है'। क्यों ?''

''क्या ?'' ज़रा रूखे भाव से उन्होंने पूछा।

''यही''—मैंने उत्तर दिया ''बटुक-प्रेम की आदत। आप जानते हैं, समाज इन थियेटरवालों को किस दृष्टि से देखता है ?''

''समाज की चिन्ता मैं नहीं करता। समाज तो मूर्ख है—अन्धा है। समाज के डर से अपने आनन्द को क्यों नष्ट करूँ ?''

''इसे आप 'आनन्द' समझते हैं ? छि: ! जिसे समाज और 'कानून' दोनों ही पाप कहते हैं और जो सचमुच महा भयानक पाप है, उसे आप आनन्द कहते हैं—राम, राम !!''

''इसी तरह,'' हरनारायण बाबू ने उत्तर दिया, ''तुम्हारे जैसे अट्ठारहवीं सदी के लोग इसी तरह की कल्पना किया करते हैं। हमारा तो सिद्धान्त है 'सौन्दर्योपासना'। जहाँ भी सौन्दर्य दिखाई पड़ेगा हम वहीं आकर्षित हो जायेंगे—हम इश्क के बन्दे हैं।''

''तो क्या सचमुच रामू को अपने जाल में फँसाइयेगा।''

''अवश्य—निश्चय। तुमने देखा नहीं ? वह कितना सुन्दर, कितना मनोहर और कैसा कातिल चॉकलेट था ! ऐसी चीज़ को कोई भरसक छोड़ सकता है ?''

''यह पाप होगा।''

''जिसे तुम 'पाप' कहते या समझते हो उसे मैं कुछ और ही समझता हूँ। हमारी-तुम्हारी पाप की परिभाषाएँ अलग-अलग हैं। तुम इस झगड़े में

61 ◆ चॉकलेट

क्यों पड़ते हो? तमाशा-भर देखो। चाहे मेरे हज़ारों रुपये बिगड़ जायें, पर, एक बार रामू को अपने घर पर अवश्य बुलाऊँगा—



# 3

हरनारायण बाबू की पूरी मित्र-मण्डली एकत्र थी। उस दिन उसके घर पर रामू के आगमन के उपलक्ष्य में एक साधारण जलसा भी हुआ था। भंग-बूटी छन जाने के बाद रामू के पिता गोपाल का एक गाना हुआ, रामू ने भी अपने कोमल कण्ठ से एक भजन सुनाया। रामू का गान समाप्त होते ही उसके पिता ने कहा—

''अब आज्ञा दीजिये, आठ बज रहे हैं। हमें स्टेज पर भी अभी झख मारनी है।''

हरनारायण के उत्तर देने के पूर्व ही उनके एक मुसलमान मित्र ने कहा—

''क्या खूब! आप लोग झख मारते हैं या हम लोगों की जान?''

मेरे कान में धीरे-से कुछ कहने के बाद हरनारायण ने रामू के पिता से कहा—

''कुछ जलपान कर लीजिये तब जाइयेगा। भंग छानने के बाद जलपान की भी आवश्यकता होती है।''

''होती तो ज़रूर है,'' गोपाल ने बड़ी नम्रता दिखाते हुए उत्तर दिया, ''मगर खा लेने के बाद नींद आने लगती है, एक्टिंग भी मज़े में नहीं होती। जलपान करने के लिए तो माफ़ ही कीजिए।''

हरनारायण—''खैर, आप न कीजियेगा तो जाने दीजिये। जलपान अभी मैं भी नहीं करूँगा। पर, इन्हें (रामू को) तो कुछ खा लेने की इजाज़त दे

दीजिये।''

''हाँ, हाँ,'' स्वीकृति देते हुए गोपाल ने रामू से कहा, ''पानी पीने की इच्छा हो तो कुछ खा लो; मगर, इतना न खा लेना कि हैजा हो जाये। अभी मालिक की नौकरी बजानी होगी।''

पिता की बात सुनकर रामू झेंप गया और दूसरे लोग हँसने लगे। रामू से उठने को कहते हुए हरनारायण ने मुझसे कहा—

''इसी (सामनेवाली) कोठरी में जलपान का सामान तैयार है, आपको जलपान कराइये।''

बाकी लोग बाहर ही बैठे रहे। जलपान की कोठरी थी तो सामने ही; पर, रामू किसी को दिखाई नहीं पड़ता था। वह धीरे-धीरे खा रहा था और मैं कोठरी में चारों ओर टहलता हुआ उसके भोले मुख की ओर देख रहा था। मुझे दया आती थी उस बालक की सरलता पर और क्रोध आता था हरनारायण के दुष्ट षड्यन्त्र पर। अभी वह खा ही रहा था कि हरनारायण भी वहीं आ गये और कहने लगे—

''क्यों, मैंने जो कुछ आपके कान में कहा था उसकी सच्चाई दिखाऊँ?''

मैं—''उहँ, जाने भी दीजिये। आप भी विचित्र आदमी हैं।''

हरनारायण—''विचित्र आदमी क्या, रामू मेरी बात मान लेगा।''

खाते-खाते मुस्कुराते हुए रामू ने पूछा—''कौन-सी बात?''

हरनारायण—''पहले खा लीजिये, फिर सुनियेगा।''

उसके जलपान कर लेने पर हरनारायण ने कहा—''आपको मेरे हाथ से पान खाना पड़ेगा। यही वह बात है जिसे मैं आपसे मनवाना चाहता हूँ।''

हरनारायण की बात का कुछ भी उत्तर न देकर रामू सिर झुकाकर खड़ा हो गया और रूमाल से मुँह पोंछने लगा। तब तक पान लिये हुए बाबू साहब उसके निकट पहुँच गये और कहने लगे, ''लो मुँह ऊपर उठाओ!!''

भोले रामू का मुँह ऊपर उठा, नीच हरनारायण ने उसमें चार पान भी ठूँसे; पर, हाय! पान की लाली रामू के मुख में ही रह गयी! लज्जा की

लालिमा से उसके कपोल और कान लाल हो गये!! पान खिलाने के पूर्व हरनारायण ने रामू के ओष्ठाधरों को चूम लिया था!!!

*  *  *

दोनों एक्टरों के चले जाने पर, जलपान की बात लेकर हरनारायण के मित्रों ने बावेला मचाना आरम्भ कर दिया। मुहम्मद सिद्दीक ने कहा—

''अरे वाह उस्ताद! जलपान की कोठरी में घुसकर अकेले-अकेले कचालू काट आये? और हम लोग सौत के लड़के की तरह मुँह ताकते ही रह गये! वाह दोस्त वाह!''

सिद्दीक की बातों से मेरे जिस्म में आग-सी लग गयी। मैंने कहा— ''देखिये जनाब, आप लोगों की ऐसी हरकतें मुझे अच्छी नहीं लगतीं।''

''अच्छी क्योंकर लगेंगी!'' हरनारायण के दूसरे मित्र ने जो एक स्कूल के मास्टर थे कहा—''जलपान की कोठरी जैसा आनन्द हमारी बातों में कहाँ? हमारे सामने बनने चले हो? सत्तर चूहे खाकर बिल्ली हज करने चली है।''

मैंने कहा—''ज़बान सँभालकर बोलो, मैं ऐसी बातें नहीं सुन सकता।''

मास्टर—''नहीं सुन सकते तो कान बन्द कर लो। यहाँ कोई तुमसे दबने वाला नहीं है। जो तुम्हें न जानता हो उसके सामने अपनी पवित्रता की दोहाई दो। हमारे सामने ढोंग नहीं चल सकता।''

इसके आगे मैं बर्दाश्त न कर सका। फ़ौरन घूँसा तानकर उस दुष्ट अध्यापक की ओर झपटा; पर, हरनारायण बाबू ने मुझे बीच ही में रोकते हुए कहा—

''फ़ौजदारी करने की ज़रूरत? जो बात तुम्हें अच्छी न लगती हो उससे दूर रहा करो। चलो कुछ खा-पी लो, अभी थियेटर देखने चलना होगा। मैंने आज रामू और उसके बाप को 'गोल्डमैडल' देने का निश्चय किया है।''

# 4

हरनारायण बाबू के साथ उनकी पूरी चण्डाल-चौकड़ी थियेटर देखने गयी थी। सब 'ऑरकेस्ट्रा' ही में बैठे थे, और सबके टिकट हरनारायण ने ही ख़रीदे थे। जलपान वाली और उस दुष्ट अध्यापक के साथ विवाद वाली घटनाएँ मेरे माथे में नाच रही थीं। हृदय में प्रतिहिंसा की भयंकर ज्वाला धधक रही थी। मैं उन दुष्टों की ओर देखता भी नहीं था। चुपचाप अपनी 'सीट' पर बैठ कर मैं कभी रंगमंच की यवनिका की ओर देखता और कभी गैलरी की ओर। इतने में किसी ने पीछे से पुकारा—

''मोहन जी!''

मेरे साथ ही सबकी दृष्टि पुकारनेवाले की ओर गयी। वह मेरे मित्र थे और थे मेरे ही वार्ड के पुलिस-इन्स्पेक्टर। मैं उठकर उनके पास चला गया। कुशल-मंगल के बाद हममें इस प्रकार बातें होने लगीं—

''आपके साथ और कौन लोग हैं? बड़ी भीड़ लेकर थियेटर देखने आये हैं!''

मैं—''सब दुष्ट हैं दारोगा साहब, सब-के-सब लौंडे के फेर में यहाँ आये हैं।''

वह—(आश्चर्य से) ''आपके दोस्त और लौंडे के फेर में। खैरियत तो है?''

मैं—''आप इन्हें किसी तरह रास्ते पर ला देते तो सब खैरियत ही है।''

वह—''मैं इन्हें कैसे दुरुस्त कर सकता हूँ, कोई सबूत?''

मैंने धीरे-से उनके कान में कहा—

''परसों हरनारायण बाबू के यहाँ एक बड़ा, परन्तु गुप्त जलसा होगा। उसी जलसे के समय आप सदल-बल उनके घर पर अगर आ सकें तो सब काम बन जाये। पर, एक बात है, किसी को गिरफ़्तार न कीजियेगा। दण्ड चाहे जो दीजियेगा।''

''अच्छा, ऐसा ही होगा,'' दारोगा साहब ने कहा, ''आप ठीक वक़्त

पर मुझे खबर दीजियेगा। मैं आपसे बाहर नहीं हूँ।''

इतने में नाटक आरम्भ हो गया।

*     *     *

एक तो भारतीय नाटक, दूसरे पारसी स्टेज। पारसी-स्टेज पर जाकर 99 प्रतिशत भारतीय लेखकों के नाटक, नीम पर के करेले हो जाते हैं। जिस नाटक का निरीक्षण हम कर रहे थे, उसकी भी वही दशा थी। उसका हास्यरस अश्लीलता की नदी की तरह वीभत्स और घृणित था। उस नाटक के 'कामिक' में रामू 'मियाँ झगड़ू' की बीवी बनता था। जिस समय वह स्टेज पर आता था, उस समय चारों ओर 'हाहाकार' मच जाता था।

झगड़ू की बीवी (रामू) अपने पति की अनुपस्थिति में किसी पर-पुरुष के साथ बातें कर रही थी। गोविन्द! गोविन्द!! उस वक्त का संवाद, और कुछ नहीं केवल 'चूमन-चाटन और लपटावन-लीला' का पूर्वरूप था। वह लीला देखकर शैतान जनता ''हाय राजा! मार डाला!'' की आवाज़-पर-आवाज़ लगा रही थी। जिस समय रामू 'कमरिया नागिन-सी बल खाय' गाता हुआ, कमर हिला कर नाचने लगा, उस समय की जनता की अश्लील-पुकार मुझसे न सुनी गयी। मैं उठ कर अपने घर का राही बना।

मनुष्य पैसे के लिए क्या जाने क्या-क्या करता और सहन करता है।

5

हरनारायण बाबू के घर में एक बड़ा 'हॉल' था। उसी में उस दिन के जलसे की तैयारी हुई थी। रुपये के जूतों से प्रसन्न होकर रामू के पिता गोपाल ने यह स्वीकार कर लिया था कि रामू जनाने वेश में उस दिन के जलसे में सम्मिलित होगा और वही 'नागिन-सी बल खाय' गाकर नाचेगा! हॉल के बीचों-बीच एक रिंगदार परदा डाल दिया गया। परदे के सामने शैतान

मण्डली बैठी और परदे के भीतर गोपाल रामू को औरत बनाने लगा। उस दिन के उत्सव के प्रारम्भ के पूर्व ही हरनारायण की मण्डली ने सुरा-सुन्दरी का भरपेट सेवन कर लिया था। सब-के-सब मदहोश हो रहे थे।

जलसा शुरू हुआ। गोपाल ने हारमोनियम बजाना आरम्भ किया और रामू ने गाना-नाचना। इधर यार लोगों ने भी बोली बोलना शुरू कर दिया। नशे से काँपते हुए हरनारायण ने मुझसे कहा—

''देखो, अगर तुम्हें हमारी कोई बात बुरी मालूम पड़ती हो, तो यहाँ से चले जाओ। आज हम अपने सब अरमान निकाल लेंगे। देखते नहीं हो—

> *किस शान से घर में मेरे वह आये हुए हैं,*
>
> *सहमे हुए, झेंपे हुए, शरमाए हुए हैं।''*

मैंने कहा—''हरनारायण बाबू, चुप रहिये। पागल न बन जाइये, आदमीयत से हाथ न धोइये।''

''हा-हा-हा-हा!'' हरनारायण ने कहा—''आदमीयत? आदमीयत कहाँ है? बुलाओ तो मेरे सामने। हरामज़ादी आदमीयत को सैकड़ों जूते न लगाऊँ तो कहना! हा-हा-हा-हा!

> *सरसर से कहो जल्द चिराग़ आके बुझा दे,*
>
> *तुरबत प' कई पर्दानशीं आए हुए हैं।''*

दुष्ट मुहम्मद सिद्दीक भी हरनारायण की वासना को उत्तेजित करते हुए बोले—

''उस्ताद अब देर काहे की? मैं भी हूँ, मीना भी है, साकी भी है, सागर भी है—क्यों?''

''हा-हा-हा,'' मदहोश हरनारायण ने कहा—

> *''करता दिल बेताब क़यामत मगर अब तक,*
>
> *रोके हुए, थामे हुए, बहलाये हुए हैं।''*

इतना कहकर हरनारायण खड़े हो गये और सतृष्ण दृष्टि से रामू की ओर देखने लगे! उस समय उनकी आँखों में राक्षसी-भाव खेल रहे थे, वह बिलकुल दीवाने बन गये थे। क्षणभर बाद सबने देखा कि हरनारायण बाबू रामू को गोद में उठाकर परदे की ओर बढ़ रहे थे, और चिल्ला रहे थे—

*फिर हाथ न आयेगा जो लेना हो तो ले लो,*
*अब तक दिले बेताब को ठहराए हुए हैं।*

* * *

परदे के भीतर रामू 'हाय! हाय!' चिल्ला रहा था और बाहर उसका नीच बाप बैठा हारमोनियम पर हाथ फेर रहा था। हरनारायण के अन्य मित्र भी परदे के भीतर ही थे। बाहर अकेले मैं ही व्यग्र रूप में खड़ा, पुलिस के आक्रमण की आशा देख रहा था!

उसी समय मेरे मित्र पुलिस इन्स्पेक्टर साहब पन्द्रह-बीस सिपाहियों के साथ हॉल में प्रविष्ट होते दिखाई पड़े! उन्हें देखकर मेरी छाती मारे प्रसन्नता के फूल उठी। मैंने कहा—

''इन्स्पेक्टर साहब, इन हरामज़ादों को सौ-सौ जूते लगवाइये! ये सब-के-सब मनुष्य रूपधारी राक्षस हैं, पिशाच हैं!''

* * *

पुलिस के जूतों ने गोपाल को इसलिए विवश किया कि, वह रामू को पढ़ने के लिए गुजरात भेज दे। हरनारायण की शैतान-चौकड़ी के होश दुरुस्त हो गये और मास्टर साहब की खोपड़ी मज़े में थूर दी गई। उस दिन के बाद हरनारायण ने भी फिर कभी 'चॉकलेट चर्चा' करने की हिम्मत न की! इश्क की आग को जूतों ने राख बना दिया।

# चॉकलेट-चर्चा

# चॉकलेट-चर्चा*

कुली द्वारा, बिस्तर और ट्रंक आदि गाड़ी में रखवाकर मैं प्लेटफ़ार्म पर टहलने लगा। बला से मैं थर्डक्लास का ही मुसाफ़िर था; पर, था तो जेण्टिलमैन। जेण्टिलमैन गाड़ी पर तभी सवार होते हैं, जबकि वह बिलकुल चलने लग जाती है। कम-कम-कम हमारे देश और अवस्था के, जेण्टिलमैन तो ऐसा ही किया करते हैं!

जब गार्ड और इंजिन दोनों ने अपनी-अपनी सीटी से 'चीं-पों' करके यह विश्वास दिला दिया कि अब ट्रेन चलने ही वाली है, तब डिब्बे में से पुकार कर किसी ने मुझसे कहा—

''बाबूजी, बैठ जाइये न। गाड़ी चलना चाहती है।''

मैं—''बैठता हूँ, कोई जल्दी नहीं है।''

वह—''इस तरह घूमने से क्या फ़ायदा? चलती गाड़ी पर सवार होना जुर्म है।''

मैं—''होगा जुर्म; पर, दुनिया भर के गार्ड गाड़ी पर तभी चढ़ते देखे गये हैं जब ट्रेन मज़े में चलने लगती है। वह तो जुर्म नहीं होता।''

वह—''अरे भाई, गार्ड की बातें क्यों चलाते हो। वह तो गाड़ी का ऑफ़िसर है।''

इतने में गाड़ी अन्तिम बार की सीटी देकर चलने लगी। मैं भी उछलकर डिब्बे में घुस गया और अपनी सीट पर जा डटा।

---

* यह कहानी सबसे पहले *मतवाला* पत्रिका में 13 दिसम्बर 1924 के अंक में प्रकाशित हुई थी।

डिब्बे में बैठे हुए सहयात्रियों की तरफ़ एक दृष्टि दौड़ाकर, मैंने अखबार पढ़ना आरम्भ कर दिया। ध्यान रहे, जेण्टिलमैन *लीडर*, *फ़ारवर्ड* या *सरवेण्ट* नहीं पढ़ते। उनका जी केवल *स्टेट्समैन* या *पायनियर* के पाठ में लगता है। मैं भी *स्टेट्समैन* ही पढ़ रहा था। गाड़ी के यात्रियों में एक विशेषता होती है। यदि कोई एक आदमी गाने लगता है, तो सब गुनगुनाने लगते हैं। कुछ लोगों को सोते देखकर सभी सोने की तैयारी करने लगते हैं। इसी तरह मुझे अखबार पढ़ते देख, औरों को भी शौक चर्राया। सबसे पहले एक सज्जन ने—जो देखने में युक्त-प्रदेश के निवासी जान पड़ते थे—अपने पॉकेट से *मतवाला* निकाल कर पढ़ना आरम्भ किया। अभी उन्होंने मुश्किल से दो-चार पन्ने पलटे थे कि, उनके पास बैठे हुए एक दूसरे सज्जन ने, जो कट्टर सनातनी जान पड़ते थे, उनसे कहा—

''आप *मतवाला* क्यों पढ़ते हैं ?''

''आपके कहने का तात्पर्य क्या है ? *मतवाला* को आप अपवित्र पत्र समझते हैं क्या ?''

''इसमें कोई सन्देह है, *मतवाला* से बढ़कर अपवित्र पत्र केवल हिन्दी-संसार में ही नहीं, बल्कि संसार में न होगा। आपने इस पत्र की 'चॉकलेट-चर्चा' पर कभी ध्यान दिया है ?''

''कभी क्या, बराबर ध्यान दिया करता हूँ। केवल चॉकलेट-चर्चा के कारण आप *मतवाला* को संसार के सब पत्रों से खराब समझते हैं ? हा हा हा हा! जान पड़ता है, आपने संसार का नाम-भर सुना है। उसके पत्रों को देखा नहीं है। पाश्चात्य देशों में ऐसे-ऐसे पत्र हैं, जिनको देखते ही आपके होश हिरन हो जायेंगे। *मतवाला* की चॉकलेट-चर्चा से आप इतने असन्तुष्ट क्यों हैं ?''

''आप पूछते हैं कि असन्तुष्ट क्यों हूँ ? समाज में चॉकलेट-चर्चा जैसी घृणित बातों का प्रचार करना कभी सन्तोषजनक माना जा सकता है ?''

''*मतवाला* प्रचार कर रहा है ?'' जरा उत्तेजित होकर *मतवाला*-प्रेमी सज्जन ने कहा—''हमारा समाज स्वयं पतित है। वह भली-भाँति इस बात

को जानता है कि बहुत से दुष्ट प्राणी उसकी छाती पर चॉकलेट-प्रेम का पत्थर रोज़-रोज़ लाद रहे हैं। समाज का एक-एक बच्चा यह जानता है कि चॉकलेट-चर्चा क्यों है? समाज के प्रत्येक क्षेत्र में कुछ ऐसे दुष्ट हैं, जो स्वभाव से तो पातकी व्याघ्र हैं और रूप से कपिला गौ। बेचारा *मतवाला* ऐसे लोगों का भण्डा फोड़ने के सिवा और क्या करता है? इसके लिए तो उसे धन्यवाद ही देना चाहिए।''

''धन्यवाद ही देना चाहिए?'' उस सनातन-धर्म के ठेकेदार ने कहा— ''चॉकलेट-चर्चा में लेखक और प्रकाशक को, यदि मेरा वश चले, तो फाँसी दिला दूँ। समाज जिन कुकर्मों को छिपाकर करता है, उन पर प्रकाश डालने की आवश्यकता ही क्या है? धोती के भीतर सभी नंगे होते हैं।''

''इस दुर्बलता को तो समाज छिपाता भी नहीं। स्कूलों, कॉलेजों, नाटक-कम्पनियों और रामलीला-मण्डलियों में प्राय: खुलेआम चॉकलेट-चर्चा होती है। कितने सुकवि, सुलेखक और सुलीडर तक इस रोग के रोगी सुने जाते हैं।''

''सब झूठ, सब प्रपंच है। समाज इतना घृणित कदापि नहीं हो सकता।''

*    *    *

सामने की खिड़की के पास से किसी सुन्दर नवयुवक ने सनातनी पण्डितजी को उत्तर दिया—

''महाराज, आप सतयुग के प्राणी जान पड़ते हैं। जिसको आप 'सब झूठ है' कहते हैं, उसका अक्षर-अक्षर सत्य है। प्रमाण के लिए आप मेरी ही कहानी सुन लीजिये।''

डिब्बे के सब यात्रियों की आँखें नवयुवक की ओर गयीं। उसकी अवस्था प्राय: 21-22 वर्ष की जान पड़ती थी। सुडौल मुखड़ा, गोरा रंग, बड़ी-बड़ी आँखें और उन्नत ललाट वाला वह नवयुवक परम मनोहर दिखाई पड़ता था। वह कहने लगा—

‘‘मैं कॉलेज के तृतीय-वर्ष (थर्ड ईयर) का विद्यार्थी हूँ। कॉलेजों में ईश्वर के कोप से सुन्दर और कम उमर के लड़के कम होते हैं। अत: यदि किसी छात्र में ज़रा भी सौन्दर्य होता है, तो अधिकतर प्रेम-दीवाने उसके पीछे पड़ जाते हैं। वही हालत मेरी भी हुई।

‘‘क्लास में, कॉमन रूम में, फ़ील्ड में, जहाँ भी कॉलेज के बड़े और समझदार शैतान छात्र मुझे देख पाते, वहीं ‘हाय राजा!’ ‘मार डाला!’ और ‘मनीऑर्डर’, ‘पॉकेटबुक’ आदि कहकर अपनी कुचेष्टाएँ दिखाने लगते। अपने सहयोगियों और सहपाठियों से दूर भागते-भागते मेरा नाको दम हो जाता और वे बराबर मुझे परेशान किया करते। उस कॉलेज में कई होस्टल हैं। जिसमें मैं रहता था उसी होस्टल में बोर्डिंग सुपरिन्टेंडेण्ट रहा करते थे। मैंने उनसे कई बार इस बात की शिकायत भी की; पर वह बराबर अपनी असमर्थता ही प्रकट करते रहे। उनका कहना था कि इतने बड़े-बड़े और समझदार लड़कों को कौन समझावे ? एक दिन तो सुपरिन्टेंडेण्ट के सामने ही एक पंजाबी विद्यार्थी ने मुझसे पूछा—

‘‘ ‘क्यों जनाब मेरा एक हिसाब ठीक कर दीजिएगा ?’

‘‘मैंने पूछा—‘कहिए, क्या है ?’

‘‘उसने उत्तर दिया—‘इक्किस+दो।’

‘‘उसकी बात सुनकर मैं, मारे क्रोध के अपने ओंठ चबाकर रह गया। उसके इक्किस+दो का अर्थ और कुछ नहीं Give me a kiss था।

*　　*　　*

एक दिन मैं अपने कमरे में बैठा हुआ कोई पुस्तक पढ़ रहा था कि मेरे एक मित्र ने आकर कहा—

‘‘ ‘दिनकर! भागो!! थर्ड होस्टल वाले तुम्हें तंग करने के लिए दल बाँधकर इधर आ रहे हैं। वह सामने देखो!’

‘‘सामने का दृश्य देखकर मैं तो दंग रह गया!

74 ◆ चॉकलेट

‘‘किसी आदमी का जनाजा लिये साठ-सत्तर लड़के मेरे कमरे की ओर न जाने क्या-क्या चिल्लाते चले आ रहे थे मैं मारे डर के सुपरिन्टेंडेण्ट के कमरे की ओर ऊपर भागा। थोड़ी देर बाद वे सब मेरे कमरे के दरवाज़े पर आकर चिल्लाने लगे—

‘‘ ‘दिनकर! ओ हसीन दिनकर! तेरा आशिक तेरे फ़िराक में घुल-घुलकर मर गया है। इसे अगर तू आकर छू दे तो यह अभी जी जाये!’

‘‘मुझे नीचे न पाकर वे किसी दूसरे हसीन लड़के को खोजने लगे। किस्मत का मारा एक बेचारा कहीं मिल गया। फिर क्या, उसे पकड़ कर उस जनाजे के पास ले गये। उस लड़के को विवश होकर जनाजे के नकली मुर्दा आशिक को छूना पड़ा।

‘‘अभी आशिक महोदय छाती पीटते हुए जनाजे पर से उठ ही रहे थे कि कहीं से लड़कों की शैतानी सुनकर कॉलेज के प्रिंसिपल महोदय आ धमके! देश के जीवन, विद्यार्थियों के पतन का यह दृश्य देखकर वह मारे क्रोध के काँपते हुए बोले—

‘‘ ‘नीचो! ऐसा पतित-परिहास करते तुम्हें लज्जा नहीं आयी ? तुम सब इस कॉलेज के कलंक हो।’

‘‘उक्त घटना के दूसरे ही दिन मैंने उस कॉलेज के रजिस्टर से अपना नाम कटा लिया। जिस दिन मैं कॉलेज से अलग हो रहा था उस दिन मुझे अपने सौन्दर्य पर रोना आता था : इस पतित देश में केवल सत्यवादी, देशभक्त और स्पष्टवक्ता ही होना पाप नहीं है, रूपवान होना भी पाप है।’’

*　　*　　*

युवक की बातें सुनकर सनातनी पण्डितजी स्तब्ध हो गये और मैंने कहा कि यदि आप लोग अनुचित न समझें तो इस घटना की रिपोर्ट मैं *मतवाला* के एडीटर के पास भेज दूँ।

युवक ने प्रसन्नतापूर्वक अपनी स्वीकृति दे दी।

# हे सुकुमार

# हे सुकुमार*

## 1

उन दिनों महीने का कृष्णपक्ष था। दिवासुन्दरी के प्रकाशपूर्ण साम्राज्य का पतन हो चुका था और काली निशा के हाथ में संसार शासन-सूत्र आ गया था। प्रकृति के हृदय की शान्त और गम्भीर कालिमा अभी फूट ही रही थी, कम्पनी बाग के दीपस्तम्भों ने अभी प्रकाश का चमचम मुकुट नहीं पहना था, कि बाग के एक कोने में लॉन पर बैठे दस-बीस स्टूडेंट्स ने एक ओर से कुछ कोलाहल होते सुना।

''शायद कहीं झगड़ा हो रहा है।''

''हाँ मालूम तो ऐसा ही पड़ता है—उस, दक्षिण ओर से—फ़व्वारे के पास से—आवाज़ आ रही है—Yes, come on. Let us go there and see what is the matter.''

''मारो गोली! बैठो, हम एक गज़ल सुनाते हैं। होगा कोई अपना सिर कुटवाता—तुमसे वास्ता?'' कहकर एक चंचल लड़के ने तान ली—
''आ...आ...आ...आ...आ... !''

*तुम्हीं ने दर्द दिया है तुम्हीं दवा देना*
*मुझे मसीहा के एहसान से बचा लेना।*

---

* यह कहानी *चॉकलेट* पुस्तक, जो 1927 में प्रकाशित हुई थी, उसमें पहली बार प्रकाशित हुई।

मगर वह लड़का अपनी ग़ज़ल का दूसरा शे'र न गा सका। उस मण्डली के किसी परिचित छात्र ने कोलाहल की ओर से हाँफ़ते और दौड़ते हुए आकर सारे मज़े पर पानी फेर दिया—

''मोहन; हे मोहन! श्यामू; हे श्यामू! अरे ज़रा इधर तो आओ। बड़ा तमाशा हो रहा है। भारी हंगामा मचा है।''

''क्या है? वहाँ क्या हो रहा है?''

''ज़रा चलो—बस दौड़ ही पड़ो! वहीं चलकर देखो—देखने के ही लायक है वहाँ का तमाशा।''

एक लड़के ने कहा—''हाँ जी चलो; वहीं से देखा जाये।''

गायक-वर ने कहा—''अजी नहीं, मेरी ग़ज़ल सुनो; कहाँ भागते हो?''

तीसरे ने कहा—''नहीं, नहीं, नहीं—ज़रूर चला जाये।''

एकाएक सब लड़के उठ खड़े हुए और भर्र से फ़व्वारे की ओर टिड्डियों की तरह झपट पड़े!

2

कोलाहल और भीड़ के सन्निकट पहुँच कर लड़कों ने देखा कुछ लोग गोलाकार खड़े होकर हल्ला मचा रहे थे। कोई कुछ कह रहा था, कोई कुछ। उस गोलाकार जन-मण्डली के भीतर क्या हो रहा था इसका उन्हें कोई पता न लगा। आखिर लड़कों ने बछड़ों की तरह सिर से भीड़ चीरकर अपने लिए रास्ता निकाला।

गोलाकार भीड़ के भीतर, उन्होंने देखा, कोई दुबला-पतला, छोटी-छोटी घनी, काली दाढ़ीवाला आदमी, जो देखने में सनकी-सा मालूम पड़ता था, और जिसके शरीर पर एक धोती और जीर्ण कुरते के सिवा और कुछ भी नहीं था—किसी शौकीन छैला पुरुष की कलाई मज़बूती

से पकड़े खड़ा था। शौकीन महोदय के चेहरे पर हवाइयाँ उड़ रही थीं। वह हक्का-बक्का-सा दिखाई पड़ता था। सनकी और शौकीन के साथ ही उन्हीं के सन्निकट, कोई कम उम्र, सुन्दर और माँग-पट्टी सँवारे लड़का खड़ा था और वह भी झेंपा और शर्माया-सा दिखाई देता था।

भीड़ में से किसी ने सनकी से कहा—

''अच्छा अब छोड़ दो भाई साहब, माफ़ करो, जाने दो।''

''नहीं—नहीं—नहीं,'' लाल-लाल आँखें निकाल कर सनकी बोला— ''मैं इस पाजी को अभी भरपेट पीटूँगा। ज़रा इससे तुम्हीं लोग पूछो कि, यह उस पेड़ के नीचेवाली बैंच पर, इस छोकरे के साथ क्यों बैठा था? यह लड़का इसका कौन है? भाई—भतीजा—चेला—चाचा—कोई भी नाता तो यह साबित करे। और, अगर यह इसका कोई भी नहीं है तो, यह बदमाश इसके गले में हाथ डालकर उस अँधेरे में क्यों बैठा था? क्या कर रहा था?''

एकाएक सनकी ने शौकीन बाबू को तड़ातड़ झपड़ियाना शुरू कर दिया। बाबू साहब का काकुल बिगड़ गया, टेढ़ी टोपी उनके सिर पर से उड़कर भीड़ के एक भंगी के सिर पर जाकर चपाचप बैठ गयी। इस बार उस व्यक्ति ने अपनी सारी शक्ति लगाकर उस सनकी की मुट्ठी से अपनी कलाई छुड़ा ली और फिर—बिना इधर-उधर देखे-ताके कुत्ते की तरह दुम दबाकर भीड़ के बाहर हो गया और सन्न-से एक ओर भाग कर गायब हो गया।

लड़के चिल्लाने लगे—''लुल्लू है! भागा है! चॉकलेटपंती है! धरो- मारो—भागने न पावे!''


3


''मैं जो कहता हूँ,'' उस शौकीन के भाग जाने पर सनकी कहने लगा—''ऐ भीड़ के भले आदमियो! तुम जब किसी आवारा को किसी बेगाने छोकरे के साथ ऐसे स्थान में, एकान्त में बैठे देखो, फ़ौरन उसको पीटना शुरू कर

81 ◆ चॉकलेट

दो। तुममें से अगर एक दर्जन आदमी भी पहचान-पहचान कर लड़कों को भ्रष्ट करने वालों को जुतियाना शुरू कर दें, तो सारा शहर पाक हो जाये। तुम्हें मालूम नहीं, तुम ऐसी बातों पर जान-बूझकर परदा डालने की कोशिश करते हो; मगर, यह व्यर्थ की धारणा है। परदा डालने से पाप दबता नहीं है, बढ़ता ही है। आजकल हमारा समाज लड़कों के और खासकर खूबसूरत लड़कों के  प्रति बड़ा क्रूर और व्यभिचारी हो गया है।''

''मगर एक बात तो बताओ भाई साहब!'' भीड़ में से किसी ने सनकी से पूछा—''तुम ऐसे लोगों के इतने खिलाफ़ क्यों हो? जो जैसा करेगा वैसा भरेगा। तुम कानून को हाथ में लेने वाले कौन हो?''

''नहीं,'' सनकी ने गरज कर कहा—''जब कानून हमारी सहायता न कर सके—अपराधियों को और समाज के नारकीयों को अपनी मुट्ठी में न रख सके, तब हमारा कर्तव्य है कि हम उसे अपने हाथ में ले लें। मैं भुक्त-भोगी हूँ—ऐसे पापियों ने मेरे घर में आग लगा दी है। मेरा कलेजा कुरेद डाला है। सुनाऊँ अपनी कहानी? सुनोगे? अच्छा सुनो—

''मेरे भी एक लड़का था। वही मेरा एकमात्र पुत्र था। वही मेरे जीवन का आनन्द और एकान्त का मधुर विचार था। वह प्रभात की तरह सुन्दर और रुपये की तरह आकर्षक था। वह यहीं के...स्कूल में पढ़ता था। उस पर इसी शहर के एक पाजी और राक्षस की बद-नज़र पड़ गयी थी। उसने मेरे अज्ञान में मेरे पुत्र को—अपनी मीठी-मीठी बातों, प्रेम के झूठे रूपकों और पैसों के जाल में—फँसा लिया था। वर्षों तक वह रोज़ मेरे बच्चे को कभी यहाँ, कभी वहाँ घुमाया-फिराया करता और कुल्फ़ी, कचालू खिलाया करता था। इसके बाद एकाएक लड़के का स्वास्थ्य नष्ट होने लगा। धीरे-धीरे क्षय रोग ने उसे अपने कब्ज़े में कर लिया।

''उसे देखकर डॉक्टर ने जो कुछ मुझसे कहा उस पर सहसा मैं विश्वास न कर सका। मगर, मेरे विश्वास करने-न-करने से क्या होता था। डॉक्टर की बातें सच थीं। मेरे बच्चे को दुराचार के कारण क्षय हो गया था।

उसी रोग से वह धीरे-धीरे गल गया—मुरझा गया—समाप्त हो गया!—उफ़! उसकी याद आने से मेरी आँखें चिनगारियाँ उगलने लगती हैं।''

लड़के की याद से सचमुच उस सनकी की आँखें सजल हो आयीं। वह क्षण भर के लिए रुद्ध-कण्ठ होकर रुक गया।

''आखिर मैंने,'' वह फिर कहने लगा—''उस पातकी पुरुष को ढूँढ़ ही निकाला। शायद तुम्हें मालूम नहीं, उसे भी मैंने बीच चौक में बेइज़्ज़त किया था। मेरा तो मत है कि ऐसे आदमी की इज़्ज़त सरे बाज़ार उतार लेनी चाहिए। इसमें कोई पाप नहीं, कोई दोष नहीं। उफ़! मेरा बच्चा!! मेरा बेटा!!!''


# 4


एकाएक सनकी की दृष्टि लड़कों के उत्सुक झुण्ड की ओर घूमी। वह एक बार मुस्कुराया—फिर, फ़ौरन गम्भीर हो गया।

''बच्चो!'' उसने कहा—''इधर आओ! हटो जी; रास्ता दो इन भोले-भाले सुकुमार खिलौनों को! सुनो; मैं तुम्हें एक बात बतलाता हूँ।''

''हे सुकुमार! तुम अभी नहीं जानते कि यह दुनिया कैसी है? तुम उत्सुकता और 'कौन-क्या?' से भरे हो। तुम अच्छी और बुरी बातों में भेद नहीं देख सकते। इसीलिए तुमसे कहता हूँ। हँसी न समझो मेरी बातों को। तुम्हारी यह उम्र बुरी बातों के सीखने की नहीं है। अभी तुम्हें प्रेम का नाटक नहीं खेलना चाहिए, किसी के बहकावे में आकर किसी की छाती में नहीं छिपना चाहिए। चुम्बन-आलिंगन का मर्म समझने से परहेज करना चाहिए और अपने खूबसूरत रूप, फूले गालों, लाल होंठों से व्यापार नहीं करना चाहिए!''

एक प्राप्त-वयस विद्यार्थी हँसा सनकी की बातें सुनकर—''हजरत सब कुछ जानते हैं,'' उसने अपने एक साथी के कान में फुसफुसाकर कहा—''पूरे

गुरु हैं। मानो हमारी राई-रत्ती तक जानते हैं।''

''हे सुकुमार!'' सनकी कहता गया—''सच्चा प्रेम लिपटाने के लिए, चूमने के लिए, अकेले में अठखेलियाँ करने के लिए और अपने दोस्त को—भले-बुरे का विचार छोड़—छाती से बाँधे फिरने के लिए उतावला या पागल नहीं होता। ऐसा प्रेम हमेशा—याद रखो हमेशा!—अपवित्र होता है।''

''मित्र—और तुम्हारे? झूठी बात। तुम जिस अवस्था में हो उस अवस्था को मित्रता का अर्थ ही नहीं मालूम होता। तुम्हारी मित्रता बालू की भीत (दीवार) होती है। फिर वे लोग जो मित्र या भाई का वेश बनाकर तुम्हें चूमने और प्यार करने आते हैं, तुम्हारे मित्र कभी नहीं हैं। वह अपनी आँखों के मित्र हैं। अपने चंचल मन के मित्र हैं। अपने बुत-परस्त मिज़ाज के दोस्त हैं। वे तो तुम्हारे स्वर्गीय सौन्दर्य और अमूल्य पवित्रता से जलकर, तुम्हें नष्ट कर—देवत्व से पतित करने के लिए तुम्हारी चापलूसी करते हैं—बचो—बचो ऐसे मित्रों से; चाहे वह तुम्हारे पड़ोसी हों या सगे, अध्यापक हों या बड़े।

''मत झुकाओ अपने शरीर को किसी अन्धे मित्र के आगे—किसी संकोच या दबाव में पड़कर : इस तरह एक बार झुकने से तुम्हें बराबर झुकना ही होगा और यह पतन तब तक जारी रहेगा जब तक तुम स्वयं अपने उस पापी मित्र की तरह राक्षस न बन जाओगे। मत बनाओ अभी से इन्द्रियों के दास बनकर, अपने को देवता से राक्षस। नहीं तो, यह रूप नष्ट हो जाने पर, इस तेज के मुँह पर कालिख पुत जाने पर, इन सुन्दर होंठों की लाली सूख जाने पर, इन आँखों का पानी मर जाने पर, संसार में तुम्हें घृणा-ही-घृणा का सामना करना पड़ेगा।''

''लोग तुम्हें नहीं चाहते और न तुम्हारे सुख-दुख की परवा करते हैं। उन्हें तो तुम्हारी स्वर्ग-दुर्लभ सुकुमारता, देव-दुर्लभ सौन्दर्य और विश्व-दुर्लभ आकर्षक जीवन से प्रेम है। ज्यों ही ये चीज़ें प्रकृति या पुरुष तुम से छीन लेंगे, त्यों ही तुम कौड़ी के तीन हो जाओगे। उस वक़्त तुम्हारे जीवन की चादर पर तुम्हारी मूर्खताओं के कुछ काले धब्बे

ही दिखाई पड़ेंगे—जिन्हें देखकर सभी तुमसे नाक सिकोड़ लेंगे। वे भी तुम्हें बुरा कहेंगे और समझेंगे, जो तुम्हें बुराइयों की गोद में धकेल देने के जिम्मेदार होंगे।

''कसरत करो, खाओ, हँसो, खेलो और पढ़ो! इसी से तुम्हारा भविष्य उज्ज्वल-से-उज्ज्वल होगा। अभी से दोस्त और प्रियतम और प्यारे और नाथ और देवता के अर्थ को विश्व-कोष में न ढूँढ़ो। अभी तुम्हें इसकी ज़रूरत नहीं है। सच कहता हूँ। हँसी न समझो! मेरी बातें यहाँ से हटने पर भूल न जाना।

''हे सुकुमार! हे सुन्दर!'' भीड़ से दूर हटते-हटते सनकी ने कहा— ''हे आकर्षक! हे पवित्र! एक बार फिर कहता हूँ—मत चूमने दो किसी पुरुष को अपने होंठों को, मत मलने दो किसी मतवाले को अपने गालों को, मत सटने दो अपनी कोमल छाती को किसी राक्षस के वज्र-हृदय से! तुम भोग-विषय की वस्तु नहीं। तुम पुरुष हो—तुम देवता हो—तुम ईश्वर हो—तुम इन पापियों से हमेशा दूर रहो! हे सुकुमार, हे प्यारे, हे सुन्दर, हे कुलों के प्रकाश और घरों के दीपक! सावधान!''

# व्यीभीचारि प्यार

# व्यभिचारी प्यार*

## 1

"मिल गया! मिल गया!!"

"क्या मिल गया भाई? ओहो! मारे प्रसन्नता के तुम तो फूले नहीं समा रहे हो। किसी का गड़ा धन पा गये हो क्या?"

"गड़ा धन उस धन के आगे तुच्छ है जिसे मैंने पाया है। मैंने वह धन पाया है जिसे पाने के लिए संसार के धनकुबेर भी तरसा करते हैं। ओहो! ओहो!! बोलो मत, पूछो मत! मुझे अपने सुख में डूबने-उतराने दो; हिस्सा न माँगो, मेरे सुख को बाँटने का प्रयत्न न करो। तुम मेरे पुराने मित्र हो तो क्या—उस स्वर्गीय धन में से मैं तुम्हें रत्ती बराबर हिस्सा भी नहीं दूँगा—नहीं देना चाहता।"

"हिस्सा न देना यार! मगर ज़रा यह तो बताओ कि तुमने पाया कौन-सा धन है? तुम तो स्वयं खानदानी धनी हो—फिर? अब ऐसा कौन-सा खज़ाना तुम्हारे हाथ लग गया है, जिसके लिए नाचते फिर रहे हो? ज़रा बताओ भी। कुछ छीन तो लूँगा नहीं। अरे! फिर तुम्हारी आकृति में अविश्वास झलकने लगा। आश्चर्य! इस नव्य-निधि को पाकर तुम्हारे जैसा मित्र ऐसा स्वार्थी हो गया कि उसका नाम तक बताने से डरता है! अरे बाबा, लो मैं कसम खाता हूँ—तुम्हारी कसम; अपने सिर की

---

कसम—मैं तुमसे हिस्सा नहीं माँगूँगा। अब तो विश्वास करो और बताओ उसका नाम। या अभी कुछ कसमें और खाऊँ? बोलो?''

''ऊँहुँक—ऊँहुँक—ऊँहुँक!'' कल्याणचन्द्र ने कहा—''मैं तुमको—तुम्हीं को क्या किसी को—भी उस धन का परिचय नहीं दूँगा। मुझे क्षमा करो। वह, वह धन है जिसके पाने की चर्चा करने से ही ऐसा मालूम पड़ता है मानो सुनने वालों को उसका कुछ हिस्सा भी दे दिया। यह मेरी गलती थी जो मैंने उसकी चर्चा तुम्हारे सामने चलाई; मगर, मैं करता भी क्या? लाचारी थी। हमेशा अपने जीवन की उथल-पुथल तुम्हें सुना देने का मैं जो आदी-सा हो गया हूँ। उसी अभ्यासवश इस धन की चर्चा भी चला बैठा। भूल जाओ मेरी बातें। मुझे कुछ भी नहीं मिला है।''

''अच्छी बात है,'' देवसिंह ने कहा—''मत बताओ। बन्दगी—मैं चला। न यहाँ रहूँगा न तुमसे पूछने की धृष्टता करूँगा।''

''नहीं, नहीं; जाओ मत। अरे सुनो भी! सुनो भी!! इधर आओ। बैठो। हाँ अब ठीक है। मैं बताता हूँ। बिना बताये मुझसे रहा ही न जायेगा! मुझे वह धन मिला है जिसके अभाव में मैं तड़प रहा था। मेरे हृदय का कवित्व मरा जा रहा था। मेरी कली मुर्झायी जा रही थी।''

''उस धन का नाम भी बताओ कलाविद महाराज! कविवर! साहित्याचार्य! व्यर्थ की भूमिका छोड़ो! क्या किसी से आँखें लड़ गयी हैं?''

सहसा कल्याणचन्द्र की आँखें भर उठीं—''ठीक अन्दाज़ लगाया—खूब समझा तुमने। मुझे मेरा प्यारा मिल गया है। मुझे मेरा आदर्श मिल गया है। मैंने अपने सौन्दर्य, प्रेम और कला का आदर्श पा लिया है। अब मेरा हृदय मरुस्थल नहीं, नन्दन-निकुंज है। अब मैं भिखारी नहीं, राजा हूँ—राजा हूँ।''

''कौन है वह भाग्यवती देवी जिसे पाकर तुमने संसार का साम्राज्य पा लिया है? कहाँ की रहने वाली है?''

''तुम हँसोगे मेरी बातें सुनकर; तुम नाक-भौंह भी चढ़ा सकते हो; मगर अब तो बताना होगा ही। मेरा आदर्श कोई देवी नहीं, देवता है—स्त्री

नहीं, पुरुष है, एक बालक है।''

''बालक है!! तुम कहते क्या हो कल्याण ? तुम्हारे प्रेम और सौन्दर्य और कला का आदर्श एक बालक है ?''

''हाँ-हाँ बालक है। तुमसे छिपाता थोड़े ही हूँ। वह हमारे इलाके के एक गरीब की झोपड़ी का चमकता हुआ चिराग है। उसका बाप मेरी प्रजा है। वह उसे पढ़ाने-लिखाने में असमर्थ था, इसीलिए आज कई दिन हुए उसने उसे मेरे सुपुर्द कर दिया है। कैसे अचानक मिला है मेरा प्राणाधार; मानो भगवान ने मेरे मरुस्थल हृदय पर छप्पर फाड़कर सुधा की वृष्टि कर दी है। वह अभी बाज़ार गया है। कल आना तुम्हें भी दिखाऊँगा। ऐसा भोला है वह, ऐसा पवित्र है वह, ऐसा सुकुमार है वह, ऐसा मादक है वह! बाप रे बाप! उसकी तस्वीर की याद आते ही मैं कविता-कविता हो उठता हूँ।''

''तुम उसे प्यार करते हो ?''

''अभी तुम पूछते हो ? मैं उसे इन कुछ दिनों में ही जिस तरह प्यार करने लग गया हूँ, उस तरह कृष्ण ने अर्जुन को भी न प्यार किया होगा, चपला ने घनश्याम को भी प्यार न किया होगा, ज़रा भीतर आओ। मैं तुम्हें इधर की लिखी हुई कविताएँ सुनाऊँ। बाज़ी रखकर कह सकता हूँ मेरी हृदय-रागिनी सुनकर बेहोश हो जाओगे। सिहर उठोगे। उफ़! कितनी तपस्या—कितनी प्यास के बाद मेरा प्यारा मिला है!''


2

एक दिन देवसिंह के कई मित्रों ने बीच बाज़ार में उसे घेरा और पूछने लगे कि उसके मित्र कल्याणचन्द्र को आजकल क्या हो गया है ? एक ने कहा—

''अरे बाबू साहब, तुम्हारे मित्र के बारे में अफ़वाहें क्या चिल्ला रही हैं ? छि:! तुम कैसे मित्र हो ? उन्हें सुधारने की कोशिश नहीं करते ?''

देवसिंह ने गम्भीर होकर कहा—''उन्हें सुधारने की कोशिश नहीं

करता इसी से तो हम दोनों मित्र हैं। इस युग में, सुधारक का पार्ट खेलते ही मित्रता का प्रकाश बुझ जाता है। अमुक की अमुक से मित्रता है इसका यह अर्थ है कि अमुक-अमुक आपस में जी भरकर एक-दूसरे की खुशामद करते हैं। खुशामद के सिवा ज़माने में मित्रता का कोई अस्तित्व नहीं।''

''फिर आप उस अक्ल के अन्धे का साथ ही क्यों नहीं छोड़ देते ? कम-से-कम आपको अपनी प्रतिष्ठा का ध्यान रखना चाहिए। आप लड़कपन के पढ़े इस दोहे के टुकड़े को भूले न होंगें कि, ''दूध कलाली हाथ लखि मद समुझहिं सब ताहि।''

''बाप रे बाप!'' एक-दूसरे व्यक्ति ने देवसिंह से कहा—''ज़रा मेरे मुहल्ले में चलकर सुनिये। चारों ओर कल्याण की बदनामी। सभी कहते हैं कि अधिकांश मुसलमान कवियों की छाया इस हिन्दी के तुक्कड़ पर भी पड़ गयी है। बेवकूफ़ अपनी सभ्यता और अपने पवित्र धर्म का विचार नहीं करता और 'बुतों' का पिछलग्गू बना घूमता है। था बच्चू का बाप लायक जो चार पैसे कमा कर रख गया है; नहीं तो, दुनिया उसकी छीछालेदर कर डालती। पैसा आजकल बड़े-से-बड़ा पाप भी छिपा लेता है।''

''हुनर या इल्म भी,'' एक तीसरे व्यक्ति ने कहा—''मैं दर्जनों ऐसे पढ़े-लिखे लोगों को जानता हूँ जो अपनी विद्या और विद्वता की आड़ में वही पाप करते हैं जो कल्याणचन्द्र पैसे की आड़ में कर रहा है।''

''यह आजकल का ही इल्म है जो लोगों को ऐसे पापों की ओर खींचता है;'' पहले व्यक्ति ने कहा—''हमारी प्राचीन शिक्षाप्रणाली हमें ऐसा असात्विक नहीं बनाती थी। अब तो बारह बरस तक अंग्रेज़ी शिक्षालय की दिल्ली में भाड़ झोंक लेने के बाद, विद्वान युवक, विविध पापों की दुकानों की जाँच करने निकलते हैं। चार अक्षर अंग्रेज़ी आयी कि 'व्हाइट हॉर्स' पर चढ़ बैठे, 'व्हाइट मार्केट' में पहुँच गये और लज्जा छोड़कर, सौन्दर्य और प्रेम और अन्वेषण का पर्दा डाल कर, लगे चॉकलेट-पन्थ पर वासनाओं की झाड़ू देने। मुझे तो भगवान ने अभी लड़का ही नहीं

दिया है, अगर कभी वह दिन देखूँगा और लड़के को स्कूल या कॉलेज में भेजने की ज़रूरत समझूँगा, तब वैसा करने से पहले उसे गोली मार दूँगा। हा-हा-हा-हा—नहीं; इस बात की आप हँसी न उड़ाएँ। मैं दावे के साथ कहता हूँ कि हमारी वर्तमान शिक्षा-संस्थाएँ इस योग्य नहीं हैं कि हम निश्चिन्त होकर अपने बालकों को—अपने वंश के दीपकों को, अपने कुल के यशों को—उनके सिपुर्द कर सकें। हमारे स्कूल बारह वर्ष में, माथे को अजायबघर ज़रूर बना देते हैं, मगर, शिक्षाप्रणाली, अध्यापक निर्वाचन प्रथा, विदेशी होने के कारण उनके हृदय बिलकुल नरक बना दिये जाते हैं— उहँ! पढ़ने का अर्थ है जीवन को हँसता हुआ बनाने की चेष्टा, मगर, आज हमारे देश के कितने पढ़े-लिखे अपनी सात्विक हँसी से अपने पास का वातावरण पवित्र कर सकते हैं ? बहुत कम। नहीं के बराबर। मैं जो कहता हूँ। अगर मुझे अपना लड़का आजकल के शिक्षालयों में भेजना होगा, तो मैं उसे गोली मार दूँगा।''

''अरे रुको भी, अरे ठहरो भी!'' एक ने टोका—''ज़रा हमें इन देवसिंह जी से उस कल्याण के बारे में कुछ पूछ लेने दो। तुम तो झाड़ चले वर्तमान शिक्षालयों के विरुद्ध लेक्चर। हाँ भाई; एक बात तो बताओ। वह उस देहाती लड़के को, अपनी एक प्रजा की सन्तान को, इतना प्यार क्यों करता है ? सुना है दिन-रात उसी के साज-सँवार में लगा रहता है। स्कूल तक नहीं जाने देता; स्वयं पढ़ाने का रूपक बाँधता है। नहलाने से लेकर बाल सँवारने तक उस छोकरे की सारी चाकरी अपने ही हाथ से करता है। ऐसा क्यों करता है भाई देव! क्या कल्याण की स्त्री मर गयी है ? क्या बाज़ार की वेश्याएँ नरक में चली गयी हैं ?''

''कल्याण कहता है कि'' देवसिंह ने कहा—''उसकी स्त्री उसे उसके प्रेम का प्रतिदान नहीं देती। वह ऐसी नहीं है जिसे हृदय जैसा अमूल्य रत्न दिया जाये। इधर वह बालक ठीक वैसा ही देवता है जैसा कल्याण अपने लिए ढूँढ़ता था। उसका कहना है कि वह शुद्ध हृदय से उसे चाहता है। उसमें

वासना की गन्ध तक नहीं है। जो इस प्रेम के लिए उसकी बदनामी करते हैं वे अहृदय हैं, प्रेम की संकुचित व्याख्या करने वाले हैं—पूरे नालायक हैं। उसका कहना है कि वह मान, सम्पत्ति सब कुछ छोड़ सकता है पर उस छोकरे को प्यार करना नहीं छोड़ सकता।''

''वह झूठा है, वह पापी है।'' एक व्यक्ति बोला—''उसका प्रेम शुद्ध प्रेम नहीं वासना है। उसकी और उसके छोरे की चारों ओर बदनामी हो रही है और वह इसे बर्दाश्त करता है। अपने प्रिय की बदनामी बर्दाश्त करता है! छि: यह प्रेम नहीं धृतराष्ट्रत्व है। अजी मैंने जो कहा उसे उर्दू शायरों की हवा लग गयी है। उसी हवा के झोंके में वह उसे चूमता होगा, लिपटाता होगा। जाने दो; मैं ऐसे प्रश्नों पर उत्तेजित हो जाता हूँ। जब से मैंने सुनी है उसके बारे में यह शिकायत, तभी से मैं बार-बार यही कोशिश किया करता हूँ कि उसका मेरा कभी सामना न हो जाये। कौन जाने मैं उसे देख कर घृणा से पागल न हो जाऊँ। पटक कर मारने न लगूँ कि, बच्चू मुझे क्यों नहीं प्यार करते? मैं भी तो पुरुष हूँ? मुझमें अपनी स्वर्गीय कविता क्यों नहीं खोजते? साला कहीं का! करेगा...और कहेगा कि, शुद्ध प्यार करते हैं। जाने दो; आओ चलो। माफ़ करना ठाकुर साहब, हमने तुम्हें यों ही परेशान किया। मरने दो साले को। एक-न-एक दिन बच्चू के पाप का घड़ा फूटेगा ही। भगवान अति नहीं देखते।''

3

इसमें कोई सन्देह नहीं, ठाकुर देवसिंह आज तक इस बात को स्वीकार करते हैं कि आरम्भ में बाबू कल्याणचन्द्र ने अपने इलाके के उस गरीब और सुन्दर बालक को अपने जान शुद्ध हृदय से प्यार करना शुरू किया था। उन्होंने आरम्भ में स्पष्ट रूप से ठाकुर साहब से यह स्वीकार किया था कि ऐसा प्रेम असात्विक हो जाने पर, वासना-विकृत हो जाने पर, नारकीय हो

जाता है। इसीलिए आरम्भ में वह उसे दूर ही से देख-देखकर अपने को मजनूँ और फरहाद का जोड़ीदार समझते रहे।

मगर, बाद में उन्हें मालूम हुआ कि केवल दूर-दर्शन से उनके मन को सन्तोष नहीं होता। मन रह-रह कर उस प्रेम के कोमल पुतले से कुछ और—कुछ और—पाने की इच्छा करने लगा। धीरे-धीरे उनका व्यक्तित्व विलीन होने—खो जाने के लिए व्यग्र होने लगा। मन ने फ़ौरन एक बहाना ढूँढ़ निकाला। और वह कल्पना करने लगा—क्या बुराई है जो मैं उसे—अपने प्यार को—और भी सन्निकट से प्यार करूँ? मैं ऐसा उल्लू नहीं जो आदर्श से भ्रष्ट होकर कुछ अनर्थ कर बैठूँगा। मुझे अपने ऊपर पूरा भरोसा है। हाँ-हाँ—कोई हानि नहीं; मैं उसे और भी सन्निकट से प्यार करूँगा। उफ़! कैसा सुख है इस प्यार में—कैसा स्वर्ग है इस व्यापार में!

आखिर वह मन के हाथों बिक गये और उस बालक को अपने से, अधिक-से-अधिक, सन्निकट रखने लगे। उनका जो मन अब तक उसे केवल देखकर पुलकित होता रहा, वही अब उसे छूकर, धोखे से लिपटा कर और उसका यह या वह अंग-स्पर्श कर गद्गद होने लगा!

एक दिन की बात है, कल्याणचन्द्र अपने कमरे में अकेले बैठे, अपने प्रियतम के विचार से पुलकित कलेवर, सिहर-सिहर कर कविताएँ लिख रहे थे। ओहो! कैसी धाराप्रवाह कविता की लड़ियाँ उनके माथे से निकल रही थीं! कैसे डूबे हुए भाव उनकी लकीरों में नज़र आते थे!

अभी वह लिख ही रहे थे कि कहीं से घूम-फिरकर उनका दोस्त उनके कमरे में आया। उसे देखते ही उनकी कल्पना-धारा ठिठक गयी। शरीर झन्न-सा हो गया। आँखें भर आयीं। चेहरे पर सुर्खी दौड़ गयी और फिर सन्नाटा छा गया। हाथ से कलम गिर पड़ी। उन्होंने पुकारा—

''सुनो तो! जरा यहाँ आओ!''

भोला बालक उनके सामने आकर खड़ा हो गया।

''यहाँ—मेरे पास आकर बैठो! उफ़! तुम कहाँ चले जाया करते हो?

तुम जानते नहीं मैं तुम्हें कितना प्यार करता हूँ। पागल कहीं के! मुझे छोड़कर कहाँ भाग जाया करते हो? देखो तो तुम्हारे ध्यान में मैंने कैसी कविता लिख डाली है। अरे अभी खड़े ही हो? इधर आओ; नहीं, ठहरो! वह दरवाज़ा भीतर से बन्द कर दो। हाँ, अब ठीक है, आओ।''

खड़े होकर कल्याणचन्द्र ने उस लड़के को अपनी गोद में उठा लिया—चिपका लिया! चूमने लगे!! थरथराने लगे।

उसी दिन एकाएक कवि कल्याणचन्द्र के मन ने उन पर घातक आक्रमण किया। वह जिस बात की कभी कल्पना भी नहीं करते थे, उनके मन ने वही बात उनसे करा डाली। देखते-देखते उनके हृदय की सारी पवित्र प्रेम-गंगा गन्दे पनाले की तरह बह निकली!

प्यार और व्यभिचार हाथ से हाथ मिलाकर उसी एकान्त कोठरी में नारकीय ताण्डव करने लगे!!

कवि—स्वर्ग का दूत—राक्षस का पार्ट खेलने लगा!

4

धीरे-धीरे देहाती लड़के की मुख-श्री छीजने-सी लगी। उस पर की बाल-सुलभ कोमलता नष्ट होने लगी और वेश्या-सुलभ निर्लज्जता और कर्कशता का अधिकार होने लगा। कल्याण बाबू के चेहरे पर भी अब स्पष्ट रूप से राक्षसता नाचने लगी। मुहल्ले के दूसरे लड़के उनकी बड़ी-बड़ी धूमिल आँखें देखकर सहम-से जाते। मानो वे आँखें उनसे किसी असभ्य भाषा में बातें करती थीं। धीरे-धीरे उनके अधिकांश मित्र उनसे दूर हो गये। कभी देखा-देखी होने पर भी आँखें चुराने लगे। इस समय शहर-भर में वह घोर दुराचारी के रूप में बदनाम हो गये। सभी उनके खिलाफ़ इधर-उधर फुसफुसाने लगे। मगर ऐसा एक भी आदमी समाज में नहीं था जो उनके

रू-ब-रू आकर सामना करता। खुले शब्दों में भर्त्सना करता। समाज को दूसरों की चुगली में जितना मज़ा मिलता है उतना मज़ा उनका उद्धार करने की चेष्टा में नहीं।

*　　*　　*

रात्रि आठ बजे थे। अभी तक वह लड़का घूमकर कल्याणचन्द्र के व्यग्र मन की बगल में नहीं आया था। वह उतावले-से बने अपने दरवाज़े पर टहल-टहल कर कुछ गुनगुना रहे थे।

इसी समय उनके मुहल्ले के एक गरीब बूढ़े ने आकर उन्हें खबर दी—

''भैया गज़ब हो गया! वह कैसा लड़का पाल रखा था। हाय, तुम्हारी बदनामी से सारा शहर गूँज रहा है।''

''क्या बक-बक करता है—चुप!'' कल्याण ने उस बूढ़े को डाँटा।

''अरे मुझ पर क्यों बिगड़ते हो?'' उसने कहा—''मैं तो, तुम्हारे भले के लिए यहाँ इस वक्त आया हूँ, अभी पुलिसवाले तुम्हारी खबर लेने को आते होंगे?''

''क्यों? क्यों? पुलिसवाले क्यों आते होंगे?'' अबकी ज़रा घबराकर कल्याण ने पूछा।

''आज तुम्हारा वह पालट (गोद लिया बच्चा),'' बूढ़े ने कहा— ''उस बगीचे में किसी लड़के के साथ...पकड़ा गया है, लोगों ने उसे खूब ही पीटा है। मगर थाने में उसने जो बयान दिया है उससे तो तुम्हारी और तुम्हारे कुल-गौरव की नाक जड़-मूल से साफ़ कट जाती है। उसने कहा है कि तुम्हीं ने उसे वह पाप-कर्म सिखाया है। तुम्हीं उसके साथ बराबर वैसा नारकीय व्यवहार करते हो। उसने न जाने क्या-क्या कहकर तुम्हारे विरुद्ध अनेक प्रमाण भी दिये हैं!''

97 ◆ चॉकलेट

उक्त घटना के दूसरे दिन प्रात:काल पुलिसवालों ने कल्याणचन्द्र का दरवाज़ा खटखटाकर उन्हें पुकारा। मगर, घरवाले तो रातभर से हैरान बैठे थे। पिछले दिन की रात 9 बजे से उनका पता नहीं था।

सारा घर पहले ढूँढ़ा जाने लगा और थोड़ी ही देर में एक बन्द कोठरी में उनके होने का लोगों को सन्देह हुआ। पुलिस ने दरवाज़ा तोड़ कर कोठरी में जो देखा तो वहाँ कवि कल्याणचन्द्र नारकीय मृत्यु की गोद में खर्राटे ले रहे थे। उनका चेहरा काला पड़ गया था। उनके मुँह पर फैक्चर के दाग थे। शायद उन्होंने ज़हर खाकर अपने नारकीय जीवन की इति कर ली थी।

उनकी जेब में पुलिस को एक पत्र मिला जिसमें उन्होंने लिखा था—

'बेशक उस बालक...के चारित्रिक सर्वनाश का उत्तरदायी वही व्यक्ति है जिसके पास यह पत्र पुलिसवाले पायेंगे। मैंने ही उसके स्वर्ग में नरक के बीज बोये हैं। मैंने ही अपनी नादानी से उसका जीवनपट काला कर दिया है। मैं अपने किये का प्रायश्चित ज़हर खाकर कर रहा हूँ। मुझ कायर में इतनी हिम्मत नहीं कि पुलिस, अदालत और समाज का सामना कर सकूँ। मेरी न्याय के दूतों से प्रार्थना है कि वे मेरी इस पाप-स्वीकृति को पढ़कर उस बालक पर दया करें; उसे उज्जवलता की ओर ले जाने की चेष्टा करें। मैं अपने किये पर पछताने के लिए नरक की ओर जा रहा हूँ। और, उस बालक के भविष्य के लिए अपनी सम्पत्ति में से पचास हज़ार रुपये दिये जाने का Will किये जा रहा हूँ। आशा है, मेरी अन्तिम इच्छा का पालन किया जायेगा।'

—कल्याणचन्द्र

# जेल में

# जेल में *

## 1

उस दिन न तो उस महीने की पहली तारीख थी और न पन्द्रहवीं। ऐसी हालत में एकाएक 'पगली'[1] की आवाज़ सुनकर मैं तो आश्चर्यचकित हो गया!

''क्या बात है, सुक्खू?'' मैंने अपने पास ही बैठकर तख्तियाँ छापने वाले एक डाकू कैदी से दरियाफ़्त किया—''आज इस वक्त 'पगली' क्यों बज रही है? कोई कैदी भागा तो नहीं?''

''क्या जानें बाबा!'' गरीब सुक्खू असहयोग युग से लेकर मेरे जेल जाने के युग तक हरेक चिथड़-पँवारू राजनीतिक अपराधी को 'बाबा' ही कहकर अपने हृदय की सरल श्रद्धा प्रदर्शित किया करता था—''अरगड़ा तो बन्द है, नहीं तो ज़रा 'चक्कर' में जाकर जमादार से दरियाफ़्त ही करता। अरे! अभी तक पगली घण्टी बज ही रही है। सचमुच कोई गड़बड़-सी हुई मालूम पड़ती है।''

मैंने पूछा—''तुम तो दस बरस से इस सूबे की जेलों की खाक छान रहे हो, तुम्हें तो मालूम होगा कि यह खतरे का घण्टा कब-कब बजा करता है।''

---



* यह कहानी 1927 में प्रकाशित पुस्तक *चॉकलेट* में सबसे पहले प्रकाशित हुई।

1. जेलों (खासकर युक्त प्रदेशों की जेलों) के कैदी खतरे के घण्टे 'अलार्म-सिग्नल' को 'पगली' कहते हैं।

सुक्खू ने उत्तर दिया—''मालूम क्या बाबा, जिस साल मैं बाँधा गया था, नया-नया इस नरक में आया था, उस साल एक बार तो मुझे इस 'पगली' ने छकाया भी बहुत। मैं जात का लोहार हूँ न, इसीलिए मुझे चक्की ज्यादा दिनों तक नहीं चलानी पड़ी। ज्यों ही जेलर को मालूम हुआ कि मुझे मेज़-कुर्सी बनानी आती है, त्यों ही उसने मुझे लोहारखाने और बढ़ईखाने में कर दिया। मेरी कारीगरी देखने के लिए जेल का, वह देखिये—वही—शीशम के पेड़ का एक हिस्सा कटवाया गया। मुझे ऑर्डर दिया गया—दो कुर्सियाँ और एक बढ़िया मेज़ बनाने का। बाद में मालूम हुआ कि मेरी वे बनाई चीज़ें 'साहब' को ऐसी पसन्द आईं कि उन्होंने अपने बँगले पर मँगा लीं।''

मैंने बाधा दी—''साहब ने मँगा लीं का क्या मतलब, सुक्खू? मुफ़्त में ही मँगवा लिया या अपने लिए खरीद लिया?''

''अरे बाबा, की बातें! साहब—सुप्रीन्टेन्डेण्ट—जेल के बादशाह कैदी की बनाई चीज़ खरीदेंगे? वह तो जेल के मालिक हैं न बाबा! उनके लिए तो कैदी गलीचे बना देते हैं, दरी बुन देते हैं, मक्खन तैयार कर देते हैं, दर्ज़ीखाने वाले 'मिस साहब' और 'बाबा-बेबी' के बाँके-तिरछे कपड़े सी देते हैं—क्या इनमें से किसी का वह दाम देते हैं? कभी नहीं। हाँ, तो मैं पगली की बात कह रहा था। ज़रा ठहर जाइये। वह देखिये जमादार गिनती लेने आ रहा है। पगली हुई है न?''

दूसरे ही क्षण हमारे वार्ड का हिन्दुस्तानी वार्डर काली पगड़ी और खाकी वर्दी से विभूषित—हाथ में अभागे मनुष्यों को लोहे के पिंज़रों में बन्द रखने वाली तालियों का झब्बा लिये—आता दिखाई पड़ा।

'पहरेदार,' उसने कैदी-अफ़सर को पुकारा—''जोड़ में बैठाओ! गिनती लो!''

सुक्खू मिहनती और कारीगर तथा जेल का पुराना पक्षी था। उसके कार्यों से अफ़सर प्रसन्न रहा करते थे। इसीलिए वह जमादारों (वार्डरों) का मुँह लगा-सा था। उसने दरियाफ़्त किया—

‘‘पगली आज क्यों हुई जमादार साहब ?’’

‘‘अबे जोड़ में बैठ, बैरिस्टर के भतीजे ! तेरे बाप की नाक कट गई है, इसलिए पगली बजी है।’’

‘‘मेरे बाप तो तुम्हीं हो जमादार साहब !’’ सुक्खू इस तरह से मुस्कुराकर उस बीस रुपये महीने के नवाब के सामने दुम हिलाने लगा, जिस तरह नवाबों के चापलूस भी न हिलाते होंगे।


2


‘‘दो, चार, छह, आठ, दस, बारह, चौदह, पचीस, अट्ठारह, बाईस—हम तेईस... !’’

ज्यों ही गिनती गिनने में अपटु मूर्ख गरीब कैदी ओवरसियर रिपोर्ट बढ़ाने को तैयार हुआ, त्यों ही जमादार ने डाँट बताई—

‘‘अबे सूअर की बेटी की माँ की बहन की नातिनी की पोती के बच्चे के भतीजे ! साला गिनती गिनना भी नहीं जानता। कोई अफ़सर सुन ले, तो नामुसी (बेइज्ज़ती) मेरी हो। अबकी सरऊ गलत गिनोगे, तो तुम्हारी ‘टिकुली’ (यानी C.O. का बिल्ला)’ छिनवाकर ही दम लूँगा। चीलर के भाई के बेटे के साले के नाती की औलाद ! चल ! गिन फिर से।’’

बेचारा कैदी-अफ़सर कांप उठा, फिर से गिनने लगा—

‘‘दो, चार, छह, आठ, दस, बारह, सो-सो—चौदह, सोलह, अट्ठारह, बीस, बाईस—हम तेईस—पाँच लम्बर, तेईस कैदी, जंगला, ताला, ठीक है हुज़ूर!’’

इसी समय चारों ओर से ‘‘ठीक है हुज़ूर! ठीक है हुज़ूर’’ की ऐसी भयानक आवाज़ें—मानो एकान्त रात्रि में सियार बोल रहे हों—उस महाश्मशान और महाएकान्त नरक के कोने-कोने से आने लगीं। प्रायः पैंतालीस मिनट तक यही सिलसिला जारी रहा। इसी बीच में, बड़े जमादार और छोटे जेलर—जो

उस वार्ड के अफ़सर थे, बारी-बारी से आकर हमें सहेज गये। रुपये की तरह। अन्त में जेल के बन्दूकधारी वार्डरों और स्टाफ़ के दूसरे अफ़सरों के साथ जेल के सुप्रीन्टेन्डेण्ट ने सर्किल की गश्त लगाई। चारों ओर की ''...कैदी ठीक हैं हुजूर की'' रिपोर्टें सुनीं और फिर पलटन के साथ मार्च करते हुए चक्कर या सर्किल के बाहर हो गये।

''हाँ—बाबा, मैं अपना 'पगली' वाला किस्सा सुनाता हूँ। हँसना मत; गो कि उसकी याद आ जाने से मुझे खुद अपनी बेवकूफ़ी पर हँसी आ जाती है।'' सुक्खू, सुप्रीन्टेन्डेण्ट के जाते ही मेरे कान में फुसफुसाने लगा—''मैं उस जेल के बढ़ईखाने में एक कुर्सी तैयार करने में लगा था कि चारों ओर से 'पगली! पगली!' की आवाज़ सुनाई पड़ी। मेरे आस-पास के कैदी चकपकाकर उठ खड़े हुए—'पगली! पगली!' फ़ौरन मैं एक काठ का टुकड़ा उठाकर फाटक की ओर लपका। यह सोचकर कि कहाँ है पगली, पकड़ूँ मैं सुसरी को, ज़रूरत पड़े तो जमाऊँ दो-चार हाथ! मगर बाद को जमादार ने गाली देते हुए मुझे बताया कि 'पगली' जेल की भाषा में घण्टे की उस भयावनी घनघनाहट को कहते हैं—जो खतरे के वक्त फाटक का वार्डर लोगों को सतर्क करने के लिए बजाता है।''

सुक्खू कहता गया, मगर, मेरा ध्यान उसके किस्से की ओर नहीं था। पगली शब्द सुनकर सुक्खू-जैसा मूर्ख क्या बेवकूफ़ी कर सकता था इसका कुछ ठीक अन्दाज़ मैंने पहले ही लगा लिया था। अब तो मुझे यह जानने की फ़िक्र थी कि आज की 'पगली' क्यों बजी?

''जमादार साहब, !'' इस बार वार्डर से मैंने प्रश्न किया—''आज क्यों 'पगली' बजी थी भाई?''

''दो-बारा चक्कर में,'' जमादार ने कहा—''एक लौंडे के लिए कैदियों में तकरार हो गई है। एक पठान ने एक-दूसरे मुसलमान कैदी की नाक, उसे पटककर, दाँतों से काट ली है।''

''लौंडे के लिए!'' मैं कुछ चकराया—''दो-बारा चक्कर में क्या कम

उम्र के लोग भी रखे जाते हैं ? क्या यहाँ भी लौंडे होते हैं ? यहाँ भी उनके लिए नाक कटने और मारपीट होने की नौबत आती है ?''

जमादार ने कहा—''दो-बारा चक्कर में कम उम्र के लोग रखे तो नहीं जाते, मगर जेल में उम्र कौन देखता है ? दो-बारा वाले साले पुराने पापी होते हैं। उनके लौंडों की उम्र कभी-कभी साठ-साठ साल तक की होती है। अभी एक महीना हुआ, एक पुराना चोर सख्त सजा दो बरस भुगतने के लिए आया है। नाम है 'सुन्दर', जात है भर, उम्र है पच्चीस साल। पहली बार इसे मैंने शायद बलिया—नहीं, नहीं, सीतापुर की जेल में देखा था। वहाँ भी यह काम से जी चुराता था और कैदियों से 'वही काम' कराकर अपनी मशक्कत कम करता था। उसकी चक्की दूसरे पीस देते थे; क्योंकि वह उनका लौंडा था। उसकी बाध दूसरे बट देते थे, क्योंकि वह लौंडा था।''

मैंने पूछा—''तुम या जेल-सुप्रीन्टेन्डेण्ट इस बात को नहीं जानते थे क्या ?''

''जानते सभी थे, मगर, लौंडे के लिए तो जेलों में बड़े साहब तक की नाक तराश ली जाती है। टोपी उड़ा दी जाती है। अक्सर मारे डर के जेलवाले इस मामले को दबा देते हैं।''

''हाँ, तो आज क्या हुआ ?''

''वह 'सुन्दर' ज्यों ही दो-बारा चक्कर में गया त्यों ही एक पठान उसे अपना लौंडा बनाने को तैयार हो गया। वह लुक-छिप कर उसे बीड़ी पिलाने, सुरती खिलाने और गुड़-नमक की रिश्वत देने लगा। इसी बीच में उस दूसरे मुसलमान ने भी उसे हथियाना चाहा। उसने भी उस भर के बच्चे की सुरती, गुड़ और बीड़ी से खातिर करनी शुरू की। आज सुबह वह पठान अपने साथियों से कह रहा था कि मैं उस रहीम के बच्चे का खून पी लूँगा। वह मेरे लौंडे के साथ बुरा काम करता है। मेरी चीज़ पर कब्ज़ा चाहता है। इस बात के दो ही घण्टे बाद तो उसने उसकी नाक काट ली ! अब सब फाटक पर साहब के सामने पेश हैं।''

‘‘क्या होगा अब ?’’ मैंने पूछा।

‘‘साहब उसे बेंत भी लगवा सकते हैं और अदालत में भेज कर उसकी सज़ा भी बढ़वा सकते हैं। दिन—रेमिशन (दण्ड से मुक्ति) के—भी काट सकते हैं। शायद बेंत ही लगेंगे। देखिये।’’

3

शाम को जब हम सब जेल का वह सुन्दर खाना खाकर जिसे कुत्ते भी सूँघ कर छोड़ देते हैं, कवायद-परेड समाप्त कर, गिनती देकर अपनी बैरक में बन्द किये गये तब सुक्खू ने बताया कि साहब ने उस पठान को बीस बेंत लगाने की सज़ा दी है। बेंत भिगो दिये गये हैं। कल साहब के सामने भंगी उस पठान की खलड़ी, मांस और रक्त समेत उखाड़ेगा। उसने यह भी बताया कि अभी तो वह लौंडा तनहाई-कोठरी में बेड़ी के साथ कैद कर दिया गया है; फिर, दो-चार दिनों में यहाँ से किसी दूसरी जेल में भेज दिया जायेगा। बाकी रहा नकटा मुसलमान, उसके निशान जब्त कर लिये गये हैं।

मैंने पूछा—‘‘सुक्खू, जेल में ‘ऐसा काम’ क्यों होता है ? यह तो बहुत बुरी बात है। इसका मतलब तो यही हुआ कि पापी यहाँ आकर भयानक पापी बन जाता है। इसे रोका क्यों नहीं जाता ?’’

‘‘अरे बाबा,’’ गरीब सुक्खू कहने लगा—‘‘तुम क्या जानो! चार दिन की बादशाही सज़ा लेकर आये हो, नवाबी करोगे, अफ़सरों से अंग्रेज़ी में उलझोगे और चले जाओगे। जिनकी लम्बी सज़ाएँ होती हैं उनसे पूछो कि ऐसा काम क्यों करते हैं ? लाचार हो जाते हैं, अपने मन के कामदेव को आठ-आठ, दस-दस, बारह-बारह बरस तक दबाते-दबाते ये उजड्डु और पाप-पुण्य की बारीकियों से अनजान कैदी पागल होकर, अपने को भूल कर, ऐसा काम करते हैं। ऐसा व्यभिचार जेल में मामूली बात है बाबा। क्या यहाँ, क्या पंजाब-बंगाल में और क्या काला पानी में। यह न कभी रुका है

और न रुक सकता है।''

''रुक तो सकता है,'' मैंने कहा—''मगर हाँ; तब तक नहीं जब तक सरकार शुद्ध हृदय से अभागे कैदियों को सुधारने का प्रयत्न न करे। धार्मिक और मनुष्यता से भरी शिक्षा देकर, पापों की भीषणता और उससे होने वाली मनुष्य की हानियों की ओर कैदियों का ध्यान खींच कर, अगर सुधारने की चेष्टा की जाये तो सब कुछ हो सकता है। मगर, सरकार यह सब क्यों करने लगी। वह तो पापियों को क्रूर-से-क्रूर दण्ड देकर ही अपने कर्तव्य की इति समझ लेती है। कैदियों के सुधार के बड़े-बड़े शब्द केवल जेल की सजाई हुई रिपोर्टों में ही होते हैं।''

''कौन बातें करता है?'' बाहर से, हमारी आवाज़ सुनकर वार्डर ने धमकी-भरे स्वर से पूछा। बैरक में सन्नाटा हो गया!

मैं यही सोचते-सोचते निद्रा देवी की गोद में झूलने लगा कि सरकार की नाक पर भी यह 'चॉकलेटपंथी' होती है। जिस अपराध के लिए कानून लोगों को सात-चौदह के फेर में डालता है, वही अपराध जेलों में धड़ल्ले से होते हैं! बलिहारी!

❑❑❑

राजपाल एण्ड सन्ज़ की स्थापना एक शताब्दी पूर्व 1912 में लाहौर में हुई थी। आरम्भिक दिनों में अधिकतर धार्मिक, सामाजिक और देश-प्रेम की पुस्तकें प्रकाशित होती थीं और हिन्दी के अतिरिक्त अंग्रेज़ी, उर्दू व पंजाबी भाषा में भी पुस्तकें प्रकाशित की जाती थीं।

1947 में भारत-विभाजन के बाद राजपाल एण्ड सन्ज़ को नए सिरे से दिल्ली में स्थापित किया गया और साहित्यिक पुस्तकों के प्रकाशन का आरम्भ हुआ। रामधारी सिंह दिनकर, महादेवी वर्मा, बच्चन, अज्ञेय, शिवानी, आचार्य चतुरसेन, विष्णु प्रभाकर, राजेन्द्र यादव, मोहन राकेश, रांगेय राघव, कमलेश्वर और अन्य साहित्यिक लेखकों की कृतियाँ यहाँ से प्रकाशित होने लगीं। राजपाल एण्ड सन्ज़ से प्रकाशित *मधुशाला, कुरुक्षेत्र, मानस का हंस, आवारा मसीहा, कितने पाकिस्तान, आषाढ़ का एक दिन* जैसी पुस्तकें हिन्दी साहित्य की 'क्लासिक पुस्तकें' मानी जाती हैं और आज भी लोकप्रियता के शिखर पर हैं। भारत के राष्ट्रपतियों और प्रधानमंत्रियों की पुस्तकें प्रकाशित करने का गौरव भी राजपाल एण्ड सन्ज़ को प्राप्त है। नोबेल पुरस्कार से सम्मानित अर्थशास्त्री डॉ. अमर्त्य सेन की सभी पुस्तकों के हिन्दी अनुवाद यहाँ से प्रकाशित हैं। अन्तरराष्ट्रीय चर्चित पुस्तकों के अनुवाद, विश्वविख्यात कोशकार डॉ. हरदेव बाहरी द्वारा सम्पादित 'राजपाल' शब्दकोशों की शृंखला और किशोरों के लिए सैकड़ों पुस्तकें राजपाल एण्ड सन्ज़ से प्रकाशित हुई हैं।

पाठकों के स्वस्थ और सुरुचिपूर्ण मनोरंजन और ज्ञानवर्धन के लिए समर्पित राजपाल एण्ड सन्ज़ से हिन्दी और अंग्रेज़ी में पुस्तकें प्रकाशित होती हैं जो देश के सभी बड़े पुस्तक-विक्रेताओं और विश्व भर के ऑनलाइन विक्रेताओं के यहाँ उपलब्ध हैं।

## राजपाल एण्ड सन्ज़

1590 मदरसा रोड, कश्मीरी गेट, दिल्ली-6, फोन: 011-23869812, 23865483
email: sales@rajpalpublishing.com, facebook: facebook.com/rajpalandsons
website: www.rajpalpublishing.com

# उग्र की श्रेष्ठ कहानियाँ

उग्र का साहित्य अपने समय में काफ़ी विवादास्पद रहा। लेकिन इससे यह तथ्य नहीं नकारा जा सकता कि वह हिन्दी के एक महत्त्वपूर्ण शैलीकार थे। उनके कथा-साहित्य में जीवन और समाज के प्रति तीव्र कटाक्ष और विरोध स्पष्ट झलकता है जिसके कारण वे कई बार विवाद का केन्द्र-बिन्दु बने। उनकी कहानियों के बारे में कहा जाता है कि उन्होंने क्रांतिकारी कहानी की शुरुआत की। उनकी आरंभिक दो कहानियाँ 'बलिदान' और 'ध्रुव धारणा', जो इस पुस्तक में सम्मिलित हैं, राष्ट्रीय स्वाधीनता आंदोलन से प्रेरित थीं। बाद की उनकी कहानियों में तथाकथित आज़ादी का छद्म उजागर होता है। कहानियों के अतिरिक्त उन्होंने कई उपन्यास और अपनी आत्मकथा भी लिखी।

ISBN: 9789350643242
पृष्ठ : 256

# जयशंकर प्रसाद की श्रेष्ठ कहानियाँ

जयशंकर प्रसाद जहाँ उच्चकोटि के कवि थे, वहीं अच्छे कहानीकार भी थे। उनके पाँच कहानी-संग्रह प्रकाशित हुए जिन्होंने न सिर्फ हिन्दी कथा-साहित्य को समृद्ध किया बल्कि विशिष्ट विधा के प्रवर्तक कथाकार के रूप में उनकी पहचान बनाई। जयशंकर प्रसाद के लेखन में आदर्शवाद और प्राचीन गौरव गाथाओं की झलक मिलती है। उनकी कहानियों में भावना और आदर्श के बीच द्वंद्व का बहुत ही सशक्त चित्रण होता है जो उनकी कहानियों के पात्रों को यादगार बनाता है। 'मदन मृणालिनी' का मदन, 'जहाँआरा' का औरंगज़ेब, 'पाप की पराजय' का घनश्याम और 'गुंडा' का ननकूसिंह अविस्मरणीय पात्र बन गए हैं। इन कहानियों के अतिरिक्त उनकी सबसे प्रसिद्ध कहानी 'छोटा जादूगर' सहित बाईस कहानियाँ इस पुस्तक में सम्मिलित हैं।

ISBN: 9789350643266

पृष्ठ : 184